SASCHA MAMCZAK MARTINA VOGL

ES IST DEIN PLANET

IDEEN GEGEN DEN IRRSINN

Das Buch

Eigentlich ist die Sache doch ziemlich einfach. Eigentlich kann sich doch jeder von uns eine andere, bessere Welt vorstellen: eine Welt, in der wir mit der Umwelt und den natürlichen Ressourcen so schonend umgehen, dass alle Bewohnerinnen und Bewohner des Planeten Erde eine lebenswerte Zukunft haben werden. Die Frage ist nur: Warum geschieht nicht, was sich jeder vorstellen kann? Wer oder was hindert uns daran? Und welche Möglichkeiten gibt es, sich dem Irrsinn entgegenzustellen, den wir mit dem Planeten veranstalten?
Anton, Lina, Jan, Emma, Paul und Marie aus der Klasse 7C zerbrechen sich den Kopf über diese Frage und müssen erkennen, dass es wirklich nicht einfach ist, eine andere, bessere Welt zu schaffen und die Menschen zum Umdenken zu bewegen. Aber wenn es einfach wäre, dann könnte es ja jeder …

Die Autoren

Sascha Mamczak, Jahrgang 1970, beschäftigt sich seit vielen Jahren als Autor und Lektor mit Zukunftsfragen. Er studierte Politische Wissenschaft, Volkswirtschaftslehre und Öffentliches Recht in München und Edinburgh. Zuletzt ist von ihm das Buch *Die Zukunft – Eine Einführung* erschienen.
Martina Vogl, 1975 geboren, ist auf dem Land aufgewachsen, studierte Literaturwissenschaft und Kunstgeschichte und lebt mit ihrer Familie in München. Sie arbeitet als Lektorin und ist Mitbegründerin einer Schreibwerkstatt für Kinder und Jugendliche.

Die Illustratoren

Ann-Kathrin Hahn, diplomierte Grafikdesignerin, arbeitet sowohl mit Stift und Pinsel wie auch digital; ihre fantasievollen Motive erscheinen in Kinder- und Jugendbüchern, in Zeitschriften, als Storyboards und auf Postkarten. Gino Faglioni ist diplomierter Kommunikationsdesigner; sein umfangreiches Repertoire reicht von lockeren Bleistiftzeichnungen bis hin zu klaren, technischen Illustrationen. Zusammen sind die beiden DAS ILLUSTRAT (www.das-illustrat.de).

SASCHA MAMCZAK MARTINA VOGL

ES IST DEIN PLANET

IDEEN GEGEN DEN IRRSINN

Mit Illustrationen von
Ann-Kathrin Hahn und Gino Faglioni

heyne>fliegt

*Vielen Dank an Madita, Paula, Maximilian und Elena.
Ohne sie würde es unser Buch nicht geben.
Sie sind die echten Helden.*

Vielen Dank an Irene Bayerl, Stefanie Brösigke, Ulrich Genzler, Kristof Kurz, Uwe Neuhold, Anja Schleicher, Sebastian Pirling und Wolfram Vogl für ihre Unterstützung.

Vielen Dank an Kurt Vonnegut. Maries Aufruf am Ende des Buches wurde in seinem Sinne verfasst.

Und vielen Dank an Bill McKibben. Seine Bücher waren und sind für uns eine unverzichtbare Inspiration. Jeder Erdenbürger, ob jung oder alt, sollte sie lesen.

Klimaneutral
Druckprodukt
ClimatePartner.com/12537-1707-1001

MIX
Papier aus verantwortungsvollen Quellen
FSC® C083411
FSC www.fsc.org

Verlagsgruppe Random House FSC® N001967

Erweiterte Taschenbuchausgabe 11/2019

Umschlaggestaltung und Innenillustrationen: Das Illustrat, München
Satz: Uhl+Massopust, Aalen
Druck und Bindung: CPI books GmbH, Leck
Printed in Germany

ISBN 978-3-453-59652-8

www.heyne-fliegt.de

Inhalt

Pfff!

Schuld an der ganzen Sache war Paul. Paul war ja immer an irgendwas schuld. Aber diesmal hatte er den Lehrer wirklich auf die Palme gebracht. Und dabei hatte es doch so friedlich begonnen …

WIR TUN WAS FÜR DIE UMWELT!

stand in großen Buchstaben und doppelt unterstrichen auf der Tafel. Es war Montagmorgen. Es war die vorletzte Woche des Schuljahres. Die Sonne glänzte, und überall roch es nach Sommerferien. Die Klasse hatte längst die letzten Schulaufgaben geschrieben, aber es gab noch etwas zu tun – denn die vorletzte Woche des Schuljahres war eine Projektwoche zum Thema »Umweltprobleme«. Die Schüler sollten sich in Arbeitsgruppen jeweils einem ganz konkreten Problem widmen und dann am Freitag ihre Ergebnisse präsentieren. In einer Gruppe etwa ging es um »Energie sparen – zu

Hause und in der Schule«. Eine zweite beschäftigte sich mit »Mehr Bio in der Schulmensa«. Und eine dritte sollte eine »Forschungsexpedition« in den neben dem Schulgebäude liegenden Park unternehmen.

Bevor es aber mit den Arbeitsgruppen losging, sprach der Klassenlehrer Herr Riesling (den insgeheim alle »Riesel« nannten) an diesem Montagmorgen mit kräftiger Stimme erst einmal davon, wie wichtig die Sache mit der Umwelt sei. Er sagte, man müsse endlich etwas tun. Es genüge nicht, nur herumzusitzen und ab und zu im Internet etwas zu liken, sondern man müsse den Hintern vom Sofa kriegen und aktiv werden. Er sagte: »Der Plastikmüll, der im Meer schwimmt, kommt auch von uns.« Dann sagte er: »Wir in den reichen Ländern werfen jede Menge Essen weg, und im armen Süden hungern viele Menschen.« Und dann sagte er: »Dieses Thema geht euch alle an. Es geht um eure Zukunft!« Und in diesem Moment machte es »Pfff«. Oder genauer gesagt: Paul presste die Luft durch die Lippen und machte »Pfff«.

Riesel verzog mürrisch den Mund und sah Paul an. »Ist das alles, was dir dazu einfällt, Paul?«, fragte er.

Paul setzte seine übliche gelangweilte Miene auf und zuckte mit den Schultern.

»Die Umwelt interessiert dich also nicht«, sagte Riesel.

»Doch«, sagte Paul, »die Umwelt interessiert mich schon.«

»Ach ja? Dann wäre es wirklich toll, wenn du uns deine Aufmerksamkeit schenkst.«

»Es ist nur …«, begann Paul.

»Ja?«, fragte Riesel.

»Warum müssen *wir* eigentlich etwas tun?«, sagte Paul. »Ihr Erwachsene habt es doch vermasselt!«

Ein leises Raunen ging durch die Klasse. Riesel verschränkte die Arme vor der Brust. »Was meinst du mit vermasselt?«, fragte er.

»Ihr habt den Planeten kaputtgemacht. Und jetzt verlangt ihr von uns, ihn zu retten. Das ist nicht fair.«

»Hm«, machte Riesel. »Das ist eine wirklich interessante Sicht der Dinge.« Er wandte sich an die ganze Klasse. »Was meinen die anderen dazu?«

Schweigen. Alle sahen irgendwohin. Nur nicht drangenommen werden.

Also drehte sich Riesel wieder zu Paul und sagte: »Weißt du, auch Erwachsene machen sich um die Umwelt Sorgen. Und wir haben schon viel erreicht. Zum Beispiel habe ich bereits in meiner Jugend für den Atomausstieg gekämpft. Wir haben unsere Verantwortung übernommen – und jetzt seid ihr dran!«

»Wieso?«, fragte Paul. »Wir haben der Umwelt doch gar nichts getan.«

»Nichts getan?«, erwiderte Riesel. »Vielleicht denkst

du mal darüber nach, was du alles so den ganzen Tag über benutzt. Handy, Computer, Fernseher, Kühlschrank – die ganzen Dinge, die euer Leben angenehmer machen. Mit alldem hinterlasst auch ihr einen ökologischen Fußabdruck.«

Paul zuckte wieder mit den Schultern. »Niemand hat uns gefragt, ob wir das alles überhaupt wollen. Diesen ganzen Irrsinn habt ihr euch doch ausgedacht.«

Jetzt konnte man hier und da ein Kichern in der Klasse hören. Hatte Paul wirklich »Irrsinn« gesagt? Ja, hatte er!

Riesels Mundwinkel wanderten nach unten. Er sah nun aus wie ein schlecht gelaunter alter Dackel. »Was genau meinst du mit Irrsinn, Paul?«, fragte er.

Paul lehnte sich zurück. »Na, das alles eben. Die Zerstörung, die Verschmutzung, die Ausbeutung. Die Umwelt ist völlig im Eimer. Das weiß doch jeder. Da ist nichts mehr zu machen.«

»Das ist also dein Standpunkt: Du schiebst die Schuld den Erwachsenen zu und tust einfach, als ginge dich das alles nichts an? Ist das nicht ein bisschen wenig? Wir reden hier doch schließlich auch über eure Zukunft.«

»Unsere Zukunft? Ihr Erwachsene habt uns die Zukunft geklaut«, sagte Paul. »Und jetzt wollt ihr, dass wir Energie sparen und mehr Bio essen. Pfff!«

Für eine Weile war Riesel still. Das kam nicht sehr

häufig vor, außer wenn er wirklich genervt war. Schließlich räusperte er sich und sagte: »Also gut, Paul. Ich schlage vor, wir bilden für dich eine extra Arbeitsgruppe. Dann kannst du dich in aller Ruhe mit dem Irrsinn befassen. Und am Freitag hören wir uns an, wie du es besser machen willst. Wenn dir überhaupt irgendetwas einfällt.« Riesel wandte sich wieder der Tafel zu. »Schön, wo waren wir gerade …«

Und das war das. Auf dem Zettel, auf dem man sich für die einzelnen Arbeitsgruppen eintragen musste, stand nun zusätzlich »Pauls Gruppe«. Erst sah es so aus, als wäre Paul auch der Einzige in »Pauls Gruppe« (worauf Riesel eindeutig spekuliert hatte). Aber als der Zettel wieder vorne ankam und Riesel laut die Gruppeneinteilung vorlas, standen fünf weitere Namen unter dem von Paul: Anton, Lina, Jan, Emma und Marie.

Paul blickte ziemlich verdutzt drein.

Riesel auch. Er legte die Stirn in Falten, klatschte den Zettel auf sein Pult und sah in die Klasse. »Na, da bin ich ja mal wirklich gespannt, welche Ideen gegen den Irrsinn euch bis Ende der Woche so einfallen.« Er seufzte. »Gut, jede Gruppe sucht sich jetzt irgendwo im Gebäude einen Tisch zum Arbeiten. Ich schaue dann immer mal wieder vorbei.«

Die Schüler der 7C sprangen auf, packten ihre Sachen zusammen und redeten wild durcheinander. Beim Hinausgehen rief einer: »Cool, jetzt haben wir eine Irrsinnsgruppe!« Und ein anderer meinte: »Die Irren sind los!« Und so erhielt Pauls Gruppe ihren Spitznamen: die »Irren«.

Was eindeutig ziemlich gemein war. Denn natürlich hatten sich die »Irren« nicht in Pauls Gruppe eingetragen, weil sie irre waren. Und noch nicht einmal, weil sie Pauls Meinung teilten – oder überhaupt irgendeine bestimmte Meinung teilten. Nein, jeder von ihnen hatte seine ganz eigenen Gründe:

Lina zum Beispiel wusste von ihren Eltern schon ziemlich viel über Umweltprobleme – es hieß, sie wäre auch schon auf Demos gewesen. Jedenfalls hatte sie keine Lust darauf, mit den anderen über das Essen in der Schulmensa oder so was zu reden. Ihr ging es um mehr.

Jan dagegen hatte keine Ahnung von Umweltproblemen. Dafür hatte er ziemlich viel Ahnung von Fußball. Er hatte den Zettel mit den Gruppen als Letzter bekommen, und alle anderen außer Pauls Gruppe waren schon voll gewesen. Aber egal, er interessierte sich ja eh nicht für die ganze Sache, also war die eine Gruppe so gut wie die andere.

Emma wiederum hoffte, dass sie in Pauls Gruppe mit möglichst wenig Stress durch die Woche kam. Sie konnte sich beim besten Willen nicht vorstellen, mit den anderen durch den Park zu kriechen und irgendwelche Kröten zu retten. Sie hatte echt andere Sorgen.

Für Anton war die Sache spannend geworden, als Paul das Wort »Planet« in den Mund genommen hatte. Denn mit Planeten kannte sich Anton ziemlich gut aus. Er wusste beispielsweise, warum es im Erdinneren heiß war. Und warum die Luft immer dünner wurde, je höher man auf einen Berg stieg. Was Planeten anging, konnte ihm keiner was vormachen.

Und schließlich war da noch Marie. Niemand in der Klasse wusste so genau, wofür sie sich eigentlich interessierte, da sie fast nie etwas sagte. Sie wussten eigentlich nur, dass Marie in der Schulmensa kein Fleisch aß und dass sie einen Kater zu Hause hatte, mit dem sie nach der Schule spielte. Und sie zeichnete immer – den ganzen Tag lang zeichnete sie.

Zusammen mit Paul waren sie jetzt also die Gruppe der »Irren«. Und sollten Ideen liefern, wie man das mit der Umwelt besser machen konnte. Nichts leichter als das, oder? Pfff!

»Und was machen wir jetzt?«, fragte Anton.

Es war zehn Uhr. Die einzelnen Arbeitsgruppen hatten sich im Schulgebäude verteilt, und alle diskutierten bereits lebhaft. Nur Pauls Gruppe saß still an einem der Tische in der Schulbibliothek. Anton, Lina,

Emma, Jan und Marie blickten Paul an. Immerhin war das ja alles auf seinem Mist gewachsen – sollte er ihnen doch sagen, was sie zu tun hatten.

Paul jedoch sah das offenbar ganz anders. »Was fragt ihr mich?«, sagte er mürrisch. »Ich habe euch nicht gezwungen, in diese Gruppe zu gehen.«

Jan lehnte sich zurück und verschränkte die Hände hinter dem Kopf. »Super! Ich schlage vor, wir spielen Fußball. Oder wir tun einfach vier Tage lang *nichts.*«

Lina sah genervt zu Jan. »Klar, das würde dir gefallen. Und was machen wir dann am Freitag, wenn die anderen Gruppen ihre Ergebnisse präsentieren? In der Nase bohren?«

»Hihi«, kicherte Anton.

»Das wäre oberpeinlich, wenn wir mit leeren Händen dastehen«, sagte Lina.

Emma strich sich die Haare aus dem Gesicht; das machte sie übrigens die ganze Zeit. »Wir können ja ein bisschen im Internet rumsuchen. Da steht doch überall was über die Umwelt.«

»Seit wann interessierst *du* dich eigentlich dafür?«, sagte Jan. »Ich wette, du willst nur auf irgendeine Mode-Seite.«

»Und du willst nur die Fußballergebnisse nachschauen«, entgegnete Emma und strich sich die Haare aus dem Gesicht. »Blödmann!«

»Hihi«, kicherte Anton.

Dann schwiegen sie wieder und sahen sich missmutig an. Nur Marie beugte sich über ihren Zeichenblock und kritzelte etwas, was wie eine riesige Billardkugel aussah. Oder wie ein Basketball.

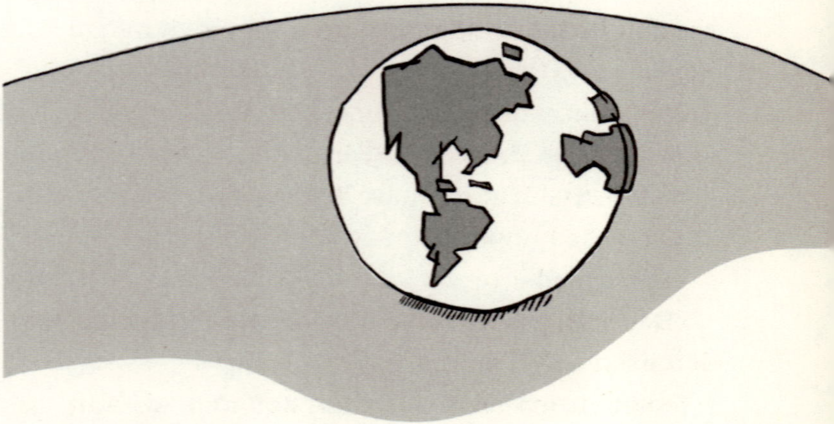

»Ich sag euch ja, dass das alles sowieso keinen Sinn hat«, sagte Paul nach einer Weile. »Die Erde ist eindeutig im Arsch. Die Böden sind vergiftet. Die Meere sind voller Müll. Das Klima ist außer Kontrolle.«

»Du bist immer so negativ, Paul«, sagte Emma. »Ich meine, uns geht's doch gut, oder nicht? Wir haben alles, was wir brauchen.«

»Das nennst du gut?«, zischte Paul zurück. »Klar, unsere Supermärkte sind voll. Aber was ist mit den Menschen, die wegen des Klimawandels ihr Zuhause verlieren – durch Flutkatastrophen oder Dürren? Deren Inseln überschwemmt werden?«

Emma strich sich die Haare aus dem Gesicht. Und schwieg.

»Woher weißt du das alles eigentlich so genau, Paul?«, fragte Anton.

»Schaut ihr etwa keine Nachrichten?«, erwiderte Paul.

»Aber das heißt ja, dass sich die Erwachsenen darum kümmern«, sagte Jan. »Sonst wäre es doch nicht in den Nachrichten, oder?«

»Kümmern? Bla-bla-bla – das ist alles, was sie tun«, sagte Paul. »Sie reden und reden. Und nichts geschieht.«

»Dann müssen *wir* es eben anders machen«, warf Lina energisch ein.

»Hurra«, rief Jan. »Lina, die Öko-Kriegerin, rettet die Welt!«

Lina boxte Jan gegen den Oberarm.

»Wir brauchen eine weltweite Revolution«, sagte Paul mit todernster Stimme. »Alles andere ist nutzlos.«

»Und wie willst du das anstellen?«, fragte Anton.

Stille. Paul zuckte mit den Schultern. Emma strich sich die Haare aus dem Gesicht. Marie zeichnete.

»Also, Leute«, sagte Lina. »Wir haben bis Freitag Zeit. Das sind nur vier Tage. Wir müssen irgendwie anfangen.«

»Aber dieses ganze Umweltzeug ist so kompliziert«, sagte Emma. »Niemand kann einem irgendetwas Genaues sagen. Paul hat Riesel vorgeworfen, dass die Erwachsenen sich diesen Irrsinn ausgedacht haben. Aber was heißt das eigentlich – Irrsinn? Um was für einen Irrsinn geht es denn überhaupt?«

Alle sahen Emma an. Sogar Paul.

»Du hast absolut recht, Emma – was heißt das eigentlich?«, sagte Lina. Sie dachte kurz nach. Dann sagte sie: »*Das* machen wir jetzt, Leute! Wir überlegen uns, was damit gemeint ist.«

»Hä?«, sagte Jan. »Was machen wir jetzt?«

»Jeder schreibt seinen Irrsinn auf«, erwiderte Lina. »Was immer euch einfällt. Und dann reden wir darüber.«

»Also zum Beispiel, dass der FC Bayern seinen besten Stürmer verkauft«, sagte Jan. »*Das* ist ein Irrsinn.«

Lina rollte mit den Augen und sagte: »Natürlich geht es um die Umwelt, Blödmann. Und was die Umwelt mit uns zu tun hat.« Sie blickte in die Runde. »Vielleicht kommen wir ja so auf irgendwelche Ideen. Was meint ihr? Hat jemand einen besseren Vorschlag?«

Keiner hatte einen besseren Vorschlag.

Also nahm sich jeder eine Karteikarte und einen Stift und verzog sich in eine Ecke. Eine Viertelstunde später kamen sie wieder zusammen, und jeder legte seine Karteikarte auf den Tisch.

Sechs Karten.

»Wow«, sagte Anton. »Das ist ja ganz schön viel Irrsinn.«

»Stimmt«, sagte Emma und sah Lina an. »Und jetzt?«

»Jetzt gehen wir die Karten eine nach der anderen

durch«, erwiderte Lina. »Und überlegen uns, was man gegen diese Irrsinne oder Irrsinns – oder wie immer man das schreibt – machen kann. Und das erzählen wir dann am Freitag der Klasse. Okay?«

Die anderen nickten. In diesem Moment legte Marie den Stift zur Seite, mit dem sie die ganze Zeit über gezeichnet hatte, riss das Blatt vom Block und schob es in die Mitte.

»Nicht schlecht«, murmelte Paul.

»Sollen das etwa *wir* sein?«, fragte Emma.

»Klar«, sagte Jan. »Siehst du nicht – deine komischen Beine?«

»Sehr witzig«, zischte Emma. »Und du wag es ja nicht zu kichern!«, warnte sie Anton.

Lina griff nach den sechs Karteikarten. »Also gut«, sagte sie. »Wir fangen gleich an. Hier ist die erste Karte.«

DER IRRSINN

ANTONS IRRSINN

»Was meinst du mit ›irgendwo anders‹, Anton?«

Natürlich hatte Anton mit dieser Frage gerechnet. Und natürlich war ihm klar, dass die anderen genau wussten, was er mit »irgendwo anders« meinte. Sie fragten nur, um ihn zu ärgern. So wie sie ihn ja auch immer mal wieder »Alien-Anton« oder »Weltraum-Nerd« nannten. Aber das war ihm egal. Seine Begeisterung für Planeten konnten sie ihm nicht nehmen. Denn genau das meinte er mit »irgendwo anders«: einen anderen Planeten. Einen Planeten wie die Erde, weit draußen im Weltraum. Anton kam es so vor, als glaubten die Menschen, sie könnten einfach zu einer zweiten Erde fliegen, wenn sie die erste kaputtgemacht hatten.

Immerhin hatte er das auch mal geglaubt. Denn in den Filmen und Computerspielen, die er so mochte, wimmelte es nur so von Planeten. Winzige Planeten und riesengroße Planeten. Wüstenplaneten und Dschungelplaneten. Planeten, die aus einer riesigen Stadt bestanden oder nur aus Wolken. Tausende von Planeten, auf denen Menschen lebten, und Anton wäre nur zu gerne in ein Raumschiff gestiegen und zu einem dieser fernen Orte geflogen. Ja, um ehrlich zu sein: Er hätte gerne einen ganzen Planeten nur für sich allein, statt diesen hier, die Erde, mit Milliarden anderer Menschen zu teilen.

Aber er hatte inzwischen herausgefunden, dass das unmöglich war. Sollte es tatsächlich andere bewohnbare Planeten geben (was man nicht genau wusste), also Planeten wie die Erde mit flüssigem Wasser und atembarer Luft und einem erträglichen Klima, so waren sie viel zu weit weg, um sie in der Lebenszeit eines Menschen erreichen zu können. Man müsste sich schon, wie in den Science-Fiction-Geschichten, in einen Kälteschlaf versetzen lassen oder mit Lichtgeschwindigkeit reisen, um dorthin zu kommen. Anton hoffte natürlich, dass das eines Tages möglich sein würde, aber das war leider sehr, sehr unwahrscheinlich. Die Erde war ihr Zuhause – und sie würde es noch für eine lange Zeit bleiben. Vielleicht für immer.

»Aber wir waren doch schon mal auf dem Mond«,

warf Jan ein. »Und wir fliegen bald zum Mars. *Da* könnten wir doch wohnen. Oder was ist mit der Venus? Die ist doch noch näher als der Mars, oder?«

Anton nickte. Jan hatte recht: Es gab neben der Erde noch weitere Planeten im Sonnensystem: Jupiter, Neptun, Saturn, Venus, Mars, Merkur, Uranus. Und alle in erreichbarer Nähe. Anton wusste über sie alle Bescheid. Er zog sein Tablet aus der Tasche, aktivierte es und ging auf seine Lieblingswebsite. »Ja, aber selbst wenn wir eines Tages dorthin fliegen können«, sagte er, »wäre es ziemlich schwierig, sich dort länger aufzuhalten. Hier, schaut mal.«

Er wischte über das Display und sagte: »Auch auf dem Mars ist es nicht sonderlich gemütlich.«

»Ich hab irgendwo gelesen, dass man den Mars in eine zweite Erde verwandeln könnte«, sagte Lina.

»Ja«, sagte Anton. »Es gibt Leute, die denken tatsächlich über so was nach. Nur würde das Jahrhunderte dauern. Und man weiß gar nicht genau, ob das überhaupt funktioniert.«

»Dann stecken wir hier ja fest«, sagte Emma. »Auf der Erde, meine ich.«

Anton nickte und zeigte ihnen ein weiteres Bild.

»Die Erde bietet einfach perfekte Voraussetzungen für das Leben«, sagte er. »Es ist nicht zu heiß und nicht zu kalt. Es gibt Meer und Land und ganz unterschiedliche Vegetationszonen. So was gibt es nur ganz selten. Ja, vielleicht ist die Erde sogar einzigartig!«

»Und wo leben dann die grünen Männchen?«, fragte Paul spöttisch.

Doch Anton war viel zu stolz auf sich, um auf die Bemerkung einzugehen. Endlich war sein Wissen mal zu etwas nutze: Die Erde war der einzige bekannte Planet, auf dem die Menschen leben konnten. Also sollten sie gut auf diesen Planeten aufpassen und ihn nicht mutwillig beschädigen, oder nicht? So weit war das doch eigentlich sonnenklar.

Aber irgendetwas schien da nicht richtig zu laufen. Warum redeten sonst alle über schmelzende Polkappen, die Zerstörung der Regenwälder, das Artensterben und so weiter? Warum redeten eigentlich alle über die Erde wie über eine Figur in einem Computerspiel, deren Lebensenergie fast verbraucht war? Die Menschen machten offensichtlich etwas mit ihrem Planeten falsch – und es gab keinen anderen. Wenn das kein Irrsinn war, was dann?

»Wieso *machen*?«, fragte Jan, nachdem Anton ihnen das erklärt hatte. »Wir machen doch nichts mit der Erde. Wir leben einfach auf ihr.«

»Stimmt, wir leben auf ihr«, sagte Anton. »Aber wir haben doch etwas mit ihr gemacht. Wir haben sie mit unseren Werkzeugen bearbeitet und umgestaltet. Wir haben Sümpfe trockengelegt und Wälder gerodet. Wir haben Flüsse begradigt und Staudämme gebaut. Die Erde von heute ist nicht mehr dieselbe wie früher.«

»Ach was, die Erde interessiert das alles doch gar nicht. Sie ist riesig im Vergleich zu uns«, sagte Jan. »Die Menschen machen einfach das Beste aus dem, was ihnen hier zur Verfügung steht. Oder willst du wie früher in einer Höhle leben? Ohne Häuser und Fahrräder und Internet?«

»Und ohne Salamipizza«, ergänzte Emma, die genau wusste, wie gern Anton Salamipizza mochte.

»Genau«, nickte Jan. »Und du musst jagen gehen und rohes Fleisch essen. Bäh!«

Anton machte ein saures Gesicht. »Darum geht es doch gar nicht.«

»Worum geht es dann?«, fragte Lina neugierig.

Anton blickte in die Runde und dachte nach. Ja, um was ging es eigentlich? Was hatten sie noch mal in der Schule gelernt? Dass sich vor 13,5 Milliarden Jahren der Urknall ereignet hatte und das Universum entstanden war (Anton stellte sich die Zahl mit den ganzen Nullen vor: 13 500 000 000).

Dass sich vor 4,5 Milliarden Jahren die Erde und die anderen Planeten geformt hatten (4 500 000 000).

Dass sich vor 3,5 Milliarden Jahren das erste Leben auf der Erde gebildet hatte (3 500 000 000).

Dass vor 150 000 Jahren der Mensch auf den Plan getreten war (ha, etwas weniger Nullen!).

Dass vor 70 000 Jahren die Besiedlung des ganzen Planeten begonnen hatte.

Dass vor 12000 Jahren zum ersten Mal Viehzucht und Ackerbau betrieben worden waren.

Und dass vor 300 Jahren die industrielle Revolution begonnen hatte (jetzt nur noch zwei Nullen).

Anton wurde ganz schwindlig. Denn diese ganzen Nullen bedeuteten, dass es auf der Erde die allermeiste Zeit gar keine Menschen gegeben hatte, sondern nur Pflanzen und Tiere. Und dann, nach Milliarden von Jahren, sind die Menschen plötzlich aufgetaucht und haben den Pflanzen und Tieren gezeigt, wer hier der Chef ist. Erst sind sie als Nomaden über die Erde gezogen und haben das gegessen, was sie gefunden und gejagt haben. Und irgendwann haben sie damit begonnen, Pflanzen und Tiere selbst zu züchten. Und dann haben sie Städte gebaut. Und Fabriken. Und Autos. Und Straßen für die Autos. Und und und.

Die Menschen haben also ihre Lebensumstände von Generation zu Generation immer weiter verbessert. Das nannte man Fortschritt. Jan hatte recht, dachte Anton. Wer will schon in einer Höhle leben und Angst vor Bären und Gewittern haben?

Aber diese ganzen Nullen bedeuteten noch etwas anderes …

»Ich sag euch, um was es eigentlich geht«, teilte er den anderen mit. »Die Erde ist gar nicht so riesig, wie Jan meint. Darum geht es.«

»Hä?«, sagte Jan. »Was heißt das?«

»Das heißt«, sagte Anton, »dass wir den gesamten Planeten superschnell erobert haben. Es hat nur wenige Tausend Jahre gedauert, was ist das schon im Vergleich zum Alter der Erde? Und in den letzten paar Hundert Jahren hat sich alles noch mehr beschleunigt. Überlegt mal: Zur Zeit unserer Urgroßväter war das noch ganz anders. Da gab es viel weniger Städte. Und da war Australien noch ganz weit weg. Heute können wir in ein paar Stunden dorthin fliegen. Und selbst wenn wir hierbleiben, wissen wir, wie es dort gerade aussieht.« Er nahm sein Tablet und öffnete Google Earth. Im Nu hatte er die australische Stadt Sydney und das dortige Opernhaus anvisiert, das er so mochte, weil es wie ein Raumschiff aussah. Er zoomte ganz nah heran und zeigte den anderen das Bild. »Hier bitte, das andere Ende der Welt. Man sieht sogar einzelne Bäume. Wenn du das deinem Urgroßvater gezeigt hättest – der hätte vielleicht Augen gemacht!«

»Pfff«, machte Paul. »Und was willst du damit sagen?«

Anton legte das Tablet wieder weg und sagte: »Eben dass die Erde gar nicht so groß ist, sondern uns nur so groß vorkommt, weil wir immer nur einen kleinen Teil vor Augen haben. Und deshalb tun wir uns so schwer damit zu verstehen, dass unsere Handlungen nicht nur das Geschehen in unserer Umgebung beeinflussen, sondern das Geschehen auf dem ganzen Planeten. Und es gibt praktisch nichts, was wir nicht beeinflussen.«

»Na schön«, sagte Jan. »Wir haben also das Sagen auf der Erde. Es gibt weit und breit niemanden, der es mit uns aufnehmen kann. Der Planet gehört uns. Und was ist daran verkehrt?«

»Nichts«, sagte Anton. »Oder alles. Es kommt ganz darauf an, was wir daraus machen. Und es sieht nicht so aus, als ob wir groß etwas daraus gemacht haben. Wir haben den Planeten ziemlich übel behandelt.«

Emma strich sich die Haare aus dem Gesicht. »Ach, das klingt schon wieder so miesepetrig«, sagte sie.

»Nein, Anton hat recht«, sagte Lina. »Was haben wir denn in den letzten zwei- oder dreihundert Jahren mit dem Planeten angestellt? Wir haben gigantische Mengen an Öl und Kohle aus dem Boden geholt und verbrannt und damit nicht nur die Luft verschmutzt, sondern sogar das Klima verändert. Wir haben die Wälder abgeholzt und den Tieren ihren Lebensraum weggenommen. Und wir haben riesige Städte gebaut, in denen inzwischen so viele Autos fahren, dass sie die ganze Zeit im Stau stehen.«

»Aber das ist doch super«, rief Jan. Die anderen sahen ihn überrascht an. »Ich meine, ich finde das super, was Anton vorher gesagt hat. Wenn der Planet uns gehört und wir ihn kaputtgemacht haben – dann reparieren wir ihn doch einfach. Wir erfinden eben was gegen die Luftverschmutzung und die Staus. Wir haben doch immer irgendwas erfunden.«

Klack. Marie legte den Stift weg, mit dem sie die ganze Zeit gezeichnet hatte. Die anderen sahen auf ihren Block.

»Hihi. Der sieht ja ein bisschen aus wie du, Jan«, sagte Emma kichernd

»Wirklich sehr komisch, Marie«, zischte Jan. »Aber

ich brauch gar kein Tablet. Ich geh mit meiner Uhr ins Internet.«

»Angeber«, sagte Emma.

Während sich die anderen stritten, blickte Anton gedankenverloren auf die Zeichnung. Und plötzlich wurde ihm etwas klar. Ja, die Menschen hatten zweifelsohne riesige Fortschritte gemacht. Aber irgendwie waren sie dabei immer die gleichen geblieben: gierig, aggressiv, unersättlich. Sie hatten die Erde wie eine Zitrone ausgepresst. Und diesselben Menschen sollten den kaputten Planeten nun reparieren?

»Jedenfalls«, sagte Jan und riss Anton damit aus seinen Überlegungen, »bin ich überzeugt davon, dass wir das hinkriegen. Wir sind eben schlauer als Tiere.«

»Aber wir stammen von den Tieren ab«, sagte Anton.

»Pech für die Tiere«, antwortete Jan. »Jetzt essen wir sie.« Er zwinkerte Marie zu, weil er wusste, wie sehr sie Tiere liebte. Das war die Rache für den Höhlen-Jan!

»Jetzt hört doch mal auf«, sagte Lina und wandte sich Anton zu. »Okay, das ist also dein Irrsinn. Wir behandeln die Erde, als hätten wir irgendwo noch eine zweite. Haben wir aber nicht. Und was folgt daraus?«

Paul verzog den Mund zu einem Grinsen. »Ich schlage vor, wir sagen das einfach allen«, sagte er.

»Hey, Leute, hört mal: Es gibt keine zweite Erde! Hallo, ist da jemand?« Er legte die Hand an sein Ohr. »Hört mich jemand?«

»Oder wir posten es auf Facebook«, sagte Emma. »Da erreichen wir noch mehr.«

Die anderen sahen Emma an und kicherten. Sie hatte mal wieder etwas zu wörtlich genommen.

Aber im selben Moment dachte Anton: Genau das ist es! »Da ist niemand«, platzte es aus ihm heraus.

Jetzt sahen alle ihn an und kicherten.

»Warum bin ich nur in dieser Gruppe gelandet?«, seufzte Jan.

»Was meinst du, Anton?«, fragte Lina, die sich bemühte, ernst zu bleiben.

»Ich meine, da ist niemand, dem man das sagen kann. Es gibt kein ›wir‹. Immer wenn wir ›wir‹ sagen, meinen wir *die* Menschheit. Oder *den* Menschen. Als ob das ein Wesen mit einem einzigen Willen wäre. Aber ein solches Wesen gibt es gar nicht.«

»Hm«, sagte Lina. »Aber zumindest sind wir doch alle Menschen.«

»Klar«, sagte Anton. »Und wie viele inzwischen? Sieben Milliarden? Sieben Milliarden Menschen – und jeder hat seinen eigenen Kopf, und jeder denkt seine eigenen Gedanken.«

»Schön wär's«, sagte Paul. »Leider denken viele Menschen überhaupt nicht ihre eigenen Gedanken.«

»Egal, wichtig ist, dass der Planet nicht *dem* Menschen gehört«, sagte Anton.

»Wem gehört er dann?«, fragte Lina.

Das war eine echt gute Frage. Sie sahen sich an.

»Uns allen?«, sagte Emma mit leiser Stimme.

»Quatsch«, sagte Jan. »Das würde ja bedeuten, dass mir auch China gehört. Und alle anderen Länder.«

Anton schüttelte den Kopf. »Nein, jedes Land gehört sich selbst«, sagte er. »Und jedes Land tut, was es will.«

»Aber du hast doch selbst gesagt, dass alles, was wir tun, den ganzen Planeten beeinflusst«, sagte Lina. »Dann kann man doch nicht einfach tun, was man will.«

»Stimmt«, sagte Anton. »Aber einigen Ländern ist das egal. Sie wissen, dass die ganze Welt davon betroffen ist, wenn sie die Umwelt verschmutzen. Aber sie machen es eben trotzdem. Weil es ihnen Vorteile bringt.«

»Und warum gibt es keine Weltregierung, die das verhindert?«, fragte Emma. »Ich meine ja nur. Das wäre doch ziemlich praktisch.«

Anton nickte. In seinen Science-Fiction-Geschichten gab es so etwas oft: Regierungen, die über einen ganzen Planeten bestimmten und immer die richtige Entscheidung trafen. Aber hier auf der Erde war es ein einziges Schlamassel. Jeder gegen jeden. Und alle redeten durcheinander. Alle sieben Milliarden.

Auch Lina nickte und sagte: »Ja, das wäre tatsächlich praktisch, aber was hilft uns das für unsere Idee? Wir sind ja keine Politiker. Oder fällt dir irgendetwas ein, Anton?«

Anton sah sie an. Dann rieb er sich die Augen. Für ihn war das, was er vorher gesagt hatte, der entscheidende Punkt. Das »Wir« in seinem Irrsinn war gar kein gemeinsames »Wir«. »Wir« hatten in kürzester Zeit den Planeten Erde erobert – aber »wir« hatten gar keine gemeinsame Vorstellung von diesem Planeten. Was dieser Planet war. Und was man damit anfangen konnte.

Was für ein Chaos!

Er fragte sich, was wohl jemand von einem anderen Planeten dazu sagen würde, der die Erde spontan besuchen kam.

LINAS IRRSINN

Als sich gestern jeder von ihnen eine Karteikarte genommen hatte, um darauf seinen Irrsinn zu notieren, hatte Lina nicht lange überlegen müssen. Im Gegenteil: Ihr war längst klar, was der eigentliche Irrsinn war. Der Irrsinn, der sich hinter Riesels Gerede vom »schonenden Umgang mit der Natur und den Ressourcen« versteckte. Der Irrsinn, der unübersehbar war und doch – so schien es jedenfalls Lina – von niemandem wirklich gesehen wurde.

Dass nämlich einfach alles so weiterging wie bisher.

Okay, es gab schon einige Leute, die diesen Irrsinn erkannt hatten. Ihre Eltern zum Beispiel redeten nicht nur davon, weniger Auto zu fahren, sondern sie hatten ihr Auto gleich ganz verkauft und fuhren jetzt in der Stadt immer mit dem Bus oder dem Fahrrad. Außerdem hatten sie ihren Fleischkonsum drastisch eingeschränkt, und wenn es mal Fleisch gab, dann nur Bio-Fleisch. Und ja: Sie nahmen Lina und ihre Schwester mit zu Demonstrationen, etwa für besseren Tierschutz oder gegen Freihandelsabkommen oder für die Energiewende. Trotzdem waren sie keine von diesen anstrengenden Öko-Eltern; Linas Vater war Biologe und legte Wert darauf, sie nicht mit irgendwelchen Parolen zu nerven, sondern ihr die naturwissenschaftlichen Zusammenhänge zu erklären. Und Lina interessierte sich brennend für naturwissenschaftliche Zusammenhänge.

Daher wusste Lina einige Dinge, die sie noch nicht in der Schule durchgenommen hatten.

Und diese Dinge machten ihr Angst.

Wie konnten die Menschen einfach nur so weitermachen? Warum produzierten sie immer mehr Computer und Autos und Flugzeuge und Plastikspielzeug? Warum verbrannten sie immer mehr Kohle und Öl und Gas? Und warum wurden – da konnte Riesel sagen, was er wollte – immer noch Atomkraftwerke gebaut? War nicht schon genug Schlimmes geschehen? Sechzehn Jahre vor ihrer Geburt (Lina hatte das genau recherchiert) war ein Atomkraftwerk namens Tschernobyl in die Luft geflogen. Dreißig Jahre war das schon her – und die Menschen in der Gegend litten immer noch unter den Folgen. Und was war mit Fukushima? Noch ein Atomkraftwerk, das explodiert war – dabei hatten alle behauptet, so etwas würde nie geschehen. Was musste eigentlich noch passieren, damit die Menschen zur Vernunft kamen? Warum sägten sie an dem Ast, auf dem sie saßen?

Der Irrsinn lag also für Lina klar auf der Hand, und deshalb machte sie sich auch gar nicht die Mühe, den anderen zu erklären, was sie mit ihrem Irrsinn genau meinte, sondern legte einfach ihre Karteikarte auf den Tisch. Und dazu einige Grafiken, die sie gestern Abend im Internet gefunden und ausgedruckt hatte.

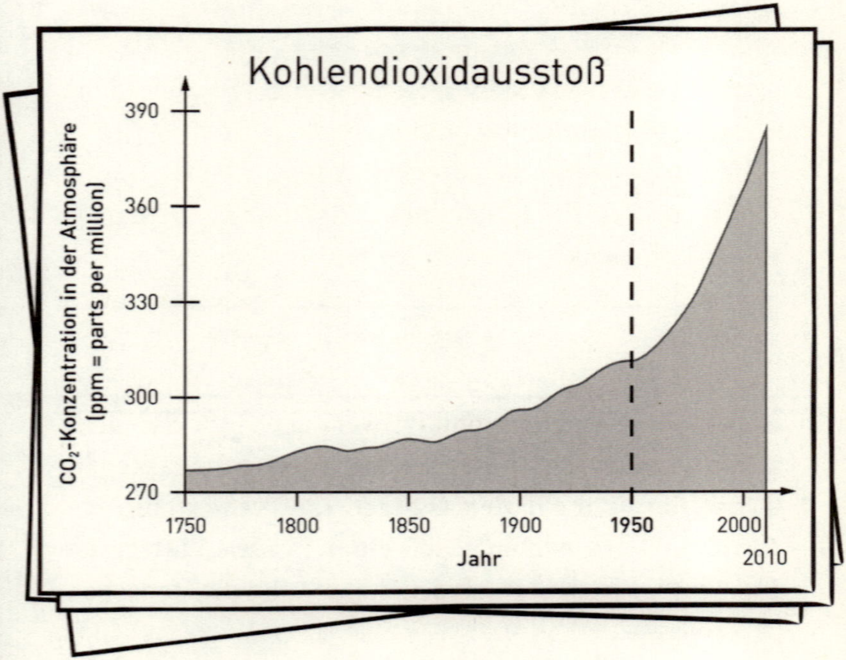

»Hier, schaut euch das mal an«, sagte sie und deutete auf eine der Grafiken. »Das ist die Entwicklung des Kohlendioxidausstoßes in den letzten paar Hundert Jahren. Also das, was unsere Fabriken, Heizungen, Autos und so weiter an CO_2 in die Luft pusten und die Atmosphäre aufheizt.« Sie zeigte auf eine andere Grafik. »Und das hier ist die Anzahl der Autos auf der Erde.«

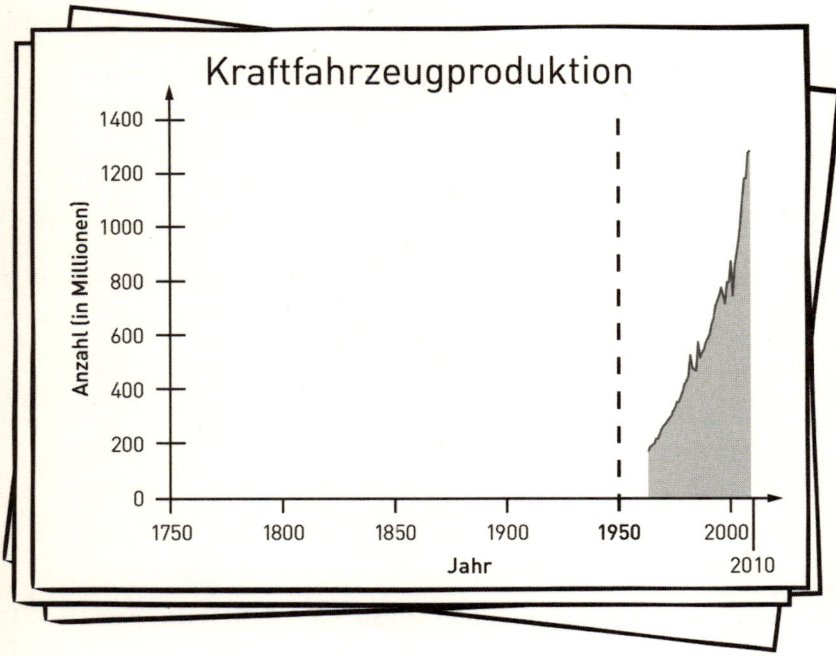

»Und hier seht ihr den Düngemittelverbrauch. Also das Zeug, das wir auf die Felder kippen, damit die Pflanzen schneller wachsen.«

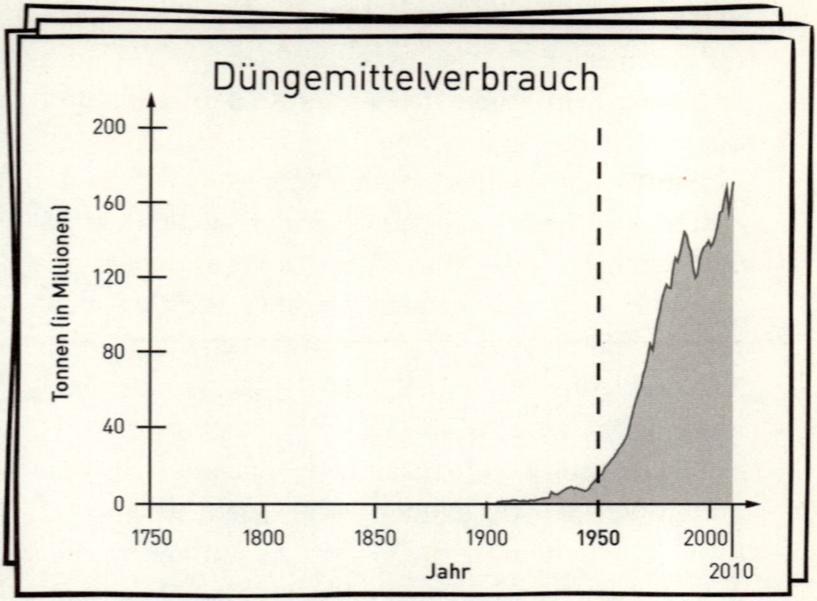

Sie hatte noch viele andere Grafiken dabei, und alle sahen genau gleich aus: ein schwindelerregender Anstieg der Kurven in den letzten Jahrzehnten. Egal, ob es sich um Staudämme, Plastikflaschen, Handys oder Flugreisen handelte – von allem gab es immer mehr, von allem wurde immer mehr verbraucht. Ja, bei manchen war der Anstieg so steil, dass die Kurven inzwischen fast senkrecht standen.

Die anderen sahen Lina skeptisch an.

»Lina, die Oberschlaue«, sagte Jan. »Spielst du jetzt den Riesel, oder was?«

Lina schüttelte den Kopf. »Nein, ich will euch nur was klarmachen.«

»Dass es ganz schön viele Autos auf der Welt gibt?«, sagte Paul.

»Und Plastikflaschen?«, sagte Emma.

»Und Handys?«, sagte Jan grinsend. »Das weiß doch jeder.«

Lina ließ sich nicht beirren. »Ja, aber weißt du auch, was es wirklich bedeutet, dass praktisch alle Kurven gleich verlaufen?«

Jan sah sie etwas ratlos an.

»Es bedeutet«, fuhr Lina fort, »dass wir in den letzten Jahren nicht einfach immer mehr hergestellt und verbraucht haben. Oder nicht einfach immer mehr Rohstoffe aus dem Boden geholt haben. Sondern jedes Mehr war ein Mehr-Mehr und ein Mehr-Mehr-Mehr.«

Jetzt sahen alle Lina etwas ratlos an.

»Das nennt man exponentielles Wachstum«, sagte sie.

Anton kratzte sich an der Nase. »Hab ich schon mal gehört. Das ist doch wie dieser Teich, der am Abend ganz wenige Seerosen hat – und am nächsten Morgen bedecken die Seerosen plötzlich den ganzen Teich.«

»Genau«, sagte Lina. »Mit jeder Verdopplung der Seerosen verdoppelt sich das jeweils Doppelte.«

»Uff«, machte Emma. »Du klingst ja wirklich wie

Riesel. Ich hätte doch lieber mit den anderen in den Park gehen sollen.«

»Ja«, lachte Paul. »Und Seerosen zählen.«

»Hihi«, kicherte Anton.

Emma funkelte die beiden wütend an.

»Okay«, sagte Lina. »Vergessen wir mal die Seerosen. Diese Kurven bedeuten nämlich noch etwas anderes. Etwas viel Wichtigeres. Sie bedeuten, dass die Menschen offenbar nichts dazulernen. Wir produzieren und konsumieren einfach immer weiter, obwohl doch jeder weiß, dass wir nicht endlos produzieren und konsumieren können. Das hat uns Anton doch gestern klargemacht: Der Planet ist immer gleich groß, egal was wir tun. Irgendwann ist er also zu klein für das ganze Produzieren und Konsumieren. Und was dann?«

Anton studierte neugierig die Grafiken. »An dieser gestrichelten Linie machen die Kurven alle einen Knick«, sagte er und deutete auf eine von ihnen. »Und dann steigen sie sogar noch steiler an.«

»Ja«, sagte Lina. »Das war in den Fünfzigerjahren des letzten Jahrhunderts. Nach dem zweiten Weltkrieg. Man nennt es die ›Große Beschleunigung‹. Da ging es so richtig los mit dem Wachstum.«

Jan lehnte sich zurück. »Aber das ist ja schon lang her. Inzwischen wissen wir doch viel mehr.«

»Das stimmt«, sagte Lina. »Also müssten die Kurven ja eigentlich nach unten gegangen sein, seit wir über den Klimawandel und die Überdüngung der Felder und das Artensterben und die ganzen anderen Umweltprobleme reden, oder? Das habe ich auch gedacht. Aber das stimmt nicht. Obwohl wir seit Jahrzehnten über den Klimawandel reden, wird nicht weniger CO_2 in die Luft gepustet, sondern *mehr.*«

»Das verstehe ich nicht«, sagte Emma und strich sich die Haare aus dem Gesicht.

»Das versteht keiner«, sagte Lina.

»Doch, ich«, sagte Jan. »Das sind die Chinesen und die Inder. Die wollen so leben wie wir, deshalb produzieren sie so viel.«

Lina schüttelte den Kopf. »Nein, das sind nicht nur die Chinesen und Inder. Europa und die USA machen genau dasselbe und schon viel länger. Fast die ganze Welt macht dasselbe.«

Jan steckte die Hände in die Taschen. »Na ja, es will eben keiner der erste sein, der damit aufhört.«

Sie schwiegen eine Weile und blickten auf die Kurven.

»Aber wisst ihr, was ich mich wirklich frage?«, sagte Lina dann. »Wo soll das alles enden?«

Als hätte sie geahnt, dass Lina diese Frage stellen würde, schob Marie die Zeichnung, an der sie die ganze Zeit über gearbeitet hatte, in die Mitte des Tisches.

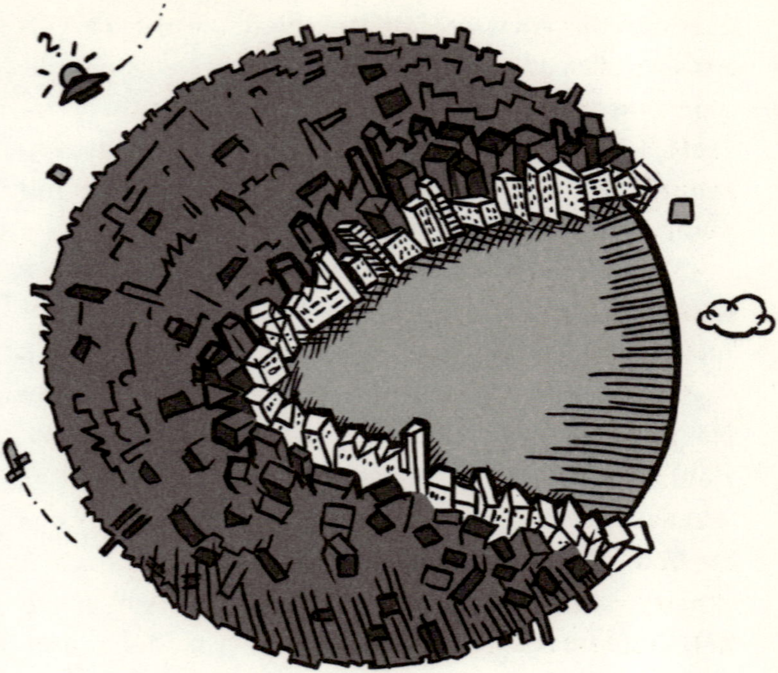

»Cool, Marie«, sagte Jan. »Dann leben wir alle eines Tages in einer riesigen Stadt, die die ganze Welt bedeckt. So endet das.«

»Ach ja?«, fragte Lina. »Und wo kommt unser Essen her?«

»Aus Gewächshäusern«, sagte Jan.

»Und was ist mit den Tieren und den Pflanzen?«, fragte Anton.

»Dafür gibt es Parks«, sagte Jan. »Und Zoos.«

»Der Regenwald als Park?«, sagte Lina. »Glaubst du wirklich, dass das funktioniert?«

Jan zuckte mit den Schultern.

»Das hab ich mal in einem Film gesehen«, sagte Anton. »Da musste der letzte Baum von New York mit einem Plastikzelt geschützt werden.«

»So ein Quatsch«, sagte Jan, und plötzlich redeten alle wild durcheinander. Bis Paul wieder einmal »Pfff« machte – ziemlich laut. Dann beugte er sich nach vorne und sagte in die entstandene Stille: »Das alles, was Lina hier sagt, ist doch überhaupt nicht neu. Habt ihr nicht mal von diesem Buch gehört: *Die Grenzen des Wachstums*?«

»Was für ein Buch?«, fragte Emma.

»Das ist schon uralt«, sagte Paul. »Aus den Siebzigerjahren oder so. Da hieß es, dass wir bald die Grenzen erreichen würden. Dass uns zum Beispiel bald das Öl ausgehen würde. Und alle hatten eine Heidenangst. Und was ist jetzt? Es gibt immer noch Öl. Und solange es Öl gibt, holen wir es auch aus dem Boden. So sind die Menschen eben – sie machen solange weiter, bis alles zu spät ist.«

Lina glaubte nicht, dass *alle* Menschen so waren – im Gegensatz zu Paul war sie der Überzeugung, dass man etwas verändern konnte, wenn man sich nur richtig anstrengte. Doch mit einem hatte Paul recht: Es schien, als würden die meisten Menschen wirklich einfach immer weitermachen. Als würde es keine Grenzen geben. Als könnten sie bis in alle Ewigkeit so weitermachen. Aber das war unmöglich. Sie lebten doch, wie Anton gesagt hatte, auf einer kleinen Kugel mitten im Weltraum. Da musste es Grenzen geben. Das ging gar nicht anders!

»Siehst du, Lina«, sagte Jan, »das ist alles Angstmacherei.«

Lina schüttelte den Kopf. »Aber irgendwann wird tatsächlich kein Öl mehr da sein. Und wenn wir alle Tiere ausrotten, werden eines Tages auch keine Tiere mehr da sein. Irgendwann ist es zu Ende, oder nicht?«

Ja, so viel stand für sie fest: Wenn die Menschheit die Dinge aufbrauchte, die es auf der Erde gab, dann war die Grenze das Nicht-mehr-Vorhandensein dieser Dinge.

»Ach, Tiere wird's doch immer geben«, sagte Jan. »Wir züchten sie eben. Und wenn wir kein Öl mehr haben, dann finden wir eine andere Energiequelle.«

Obwohl Lina Jan am liebsten widersprochen hätte, war sie in ihren Überlegungen auch schon an diesem Punkt angelangt. Tatsächlich waren die Menschen, was das anging, ziemlich erfindungsreich. Sie hatten in der Vergangenheit immer irgendeine Lösung für die jeweiligen Probleme gefunden. Zum Beispiel redeten jetzt alle über erneuerbare Energien, und wenn Lina das richtig verstanden hatte, dann waren das Energien, die man gar nicht aufbrauchen konnte, weil sie, wie die Sonne, unendlich verfügbar waren. Warum machte sie sich dann überhaupt Sorgen? Gab es also doch keine Grenzen?

Ihr Blick fiel wieder auf Maries Bild. Die Erde war eine Kugel, dachte sie. Und eine Kugel war rund, sie hatte keine Grenze... Und dann schoss ihr plötzlich etwas durch den Kopf: Hatte ihr Vater ihr nicht einmal erklärt, dass die meisten Leute eine völlig falsche Vorstellung von der Natur hatten? Die Leute denken, hatte er gesagt, dass die Natur im Gleichgewicht ist und dass der Mensch mit seinen Aktivitäten dieses Gleichgewicht stört. Aber das stimmt nicht, hatte er gesagt, die Natur kennt kein Gleichgewicht – die Natur kennt nur Veränderung. Die Natur ist ein ständiger Entwicklungsprozess, der nie zum Stillstand kommt.

Lina hatte sich mit dieser Vorstellung erst sehr schwergetan, aber irgendwann war sie darauf gekommen, was das bedeutete: Der Natur war es völlig egal, was die Menschen mit ihr machten. Aber den Menschen konnte es nicht egal sein, was sie mit der Natur machten – denn die Menschen brauchten die Natur, um zu überleben. Sie konnten nicht einfach in einer planetengroßen Stadt leben.

Dazu hatte sie doch auch irgendwo eine Grafik, oder? Lina kramte in ihren Unterlagen. Ja, da war sie!

Die 10 planetaren Grenzen

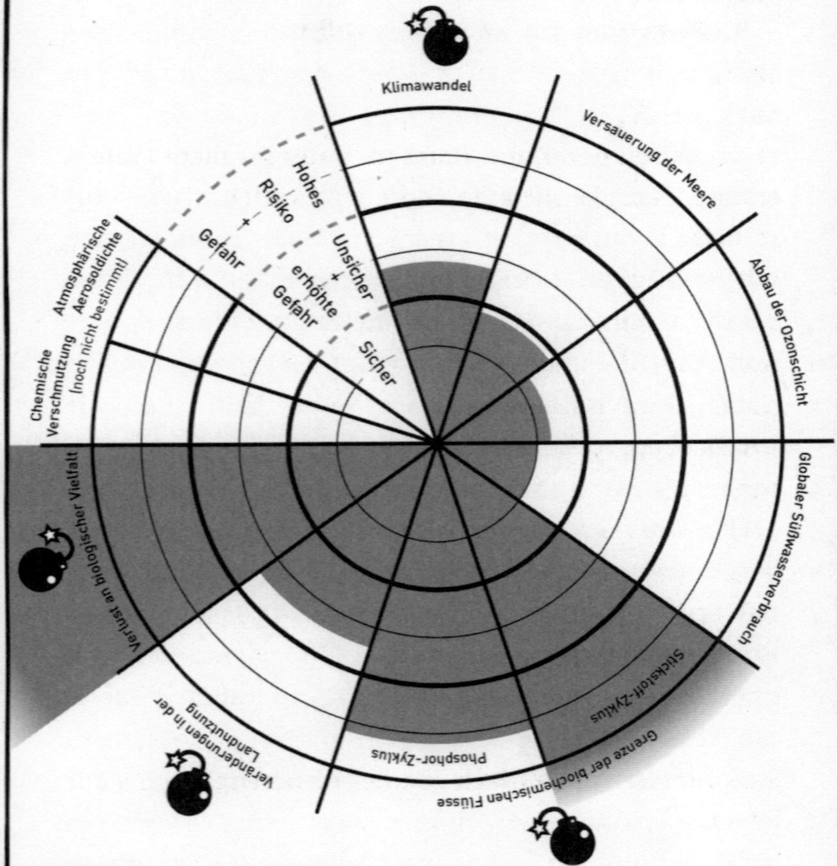

Sichere Grenzen sind bereits überschritten

»Was ist das?«, fragte Jan. »Eine Geburtstagstorte mit Bomben statt Kerzen?«

»Nein«, sagte Lina. »Das sagt dir, dass es Grenzen gibt, obwohl es eigentlich keine gibt.«

Alle starrten sie an. Emma gab erneut ein leises »Uff« von sich, und sogar Marie machte ein verwirrtes Gesicht.

Dafür war Lina jetzt nicht mehr zu bremsen. »Hier, schaut«, sagte sie aufgeregt, »das ist das, was wir mit der Natur machen. Wir verbrauchen das Wasser, wir betonieren das Land zu, wir nehmen den Tieren ihren Lebensraum weg, wir heizen die Atmosphäre auf. Aber diese Abbildung zeigt nicht, wie viel wir genau verschmutzt oder betoniert haben, so wie die Kurven vorher. Oder dass es irgendwann kein Öl mehr gibt, wenn wir alles verbrauchen. Sondern sie zeigt, wie weit wir über das hinausgegangen sind, was der Menschheit seit Jahrtausenden das Leben auf der Erde ermöglicht. Die Wissenschaftler nennen die einzelnen Bereiche Erdsysteme. In einigen sind wir noch auf der sicheren Seite – aber in anderen schon längst nicht mehr.«

»Und was bedeutet das?«, fragte Anton.

»Das ist eben der Punkt«, sagte Lina. »Niemand weiß, was das genau bedeutet oder wo die Grenze genau liegt. Aber wir wissen: Wenn wir sie einmal überschritten haben, wird es ziemlich ungemütlich auf der Erde. Denn die einzelnen Systeme hängen alle miteinander zusammen. Wenn wir eines total verändern, verändern sich auch die anderen. Im Grunde hat es ja schon begonnen.«

»Was hat begonnen?«, fragte Emma.

»Die Katastrophe«, sagte Lina.

»Ach, du bist wirklich eine Schwarzseherin, Lina«, sagte Jan.

»Und du hast keine Ahnung«, sagte Lina. »Der Klimawandel ist doch nichts, was irgendwann einmal geschieht. Er findet längst statt. Ja, er war schon im Gange, als wir geboren wurden. Seither ist es deutlich wärmer auf der Erde geworden.«

»Aber das ist doch keine Katastrophe«, sagte Jan. »Ich meine, eine Katastrophe ist doch etwas ganz anderes. Ein Erdbeben mit Tausenden von Toten oder so, *das* ist eine Katastrophe.«

»Und was ist mit den ganzen Hurrikanen in der letzten Zeit?«, fragte Lina. »Hast du davon schon mal gehört? Das sind echte Katastrophen.«

Jan zuckte mit den Schultern. »Also, da sagen doch auch die Wissenschaftler, dass das ganz normal ist. Hurrikane gab es schon immer.«

»Aber nicht so häufig. Und nicht so stark.« Triumphierend zog Lina eine weitere Grafik hervor. »Hier, schaut, die Hurrikane haben wegen der Erwärmung der Ozeane in den letzten Jahren eindeutig zugenommen.«

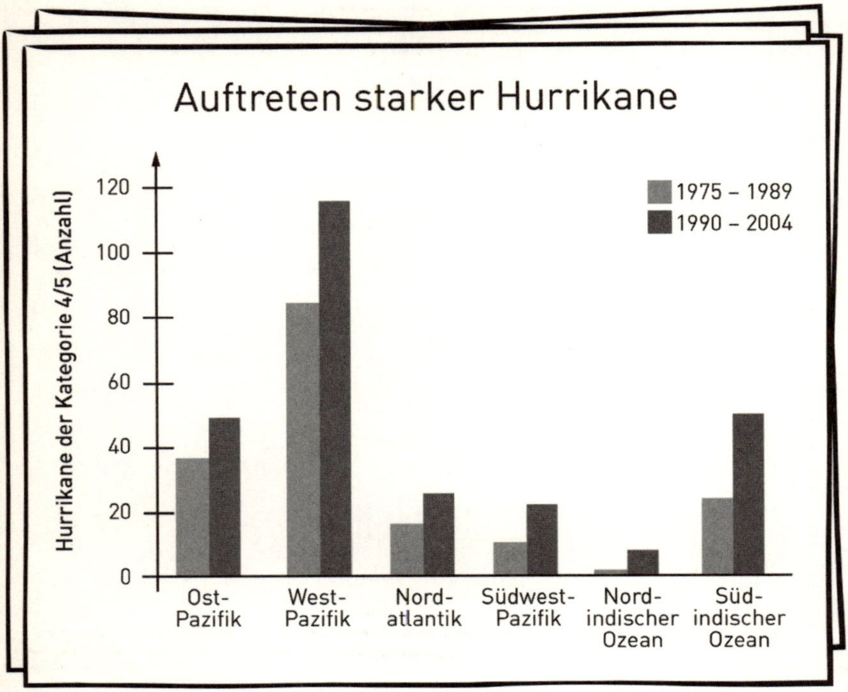

»Weißt du, du nervst ganz schön mit deinen Grafiken«, sagte Emma. »Und überhaupt gibt es hier bei uns gar keine Hurrikane.«

Lina nickte. »Ja«, sagte sie. »Aber wir sind trotzdem mit dafür verantwortlich. Es sind auch unsere Abgase, die die Atmosphäre aufheizen. Außerdem verändert sich auch bei uns das Klima. Wusstet ihr das?«

Zack! Noch eine Grafik.

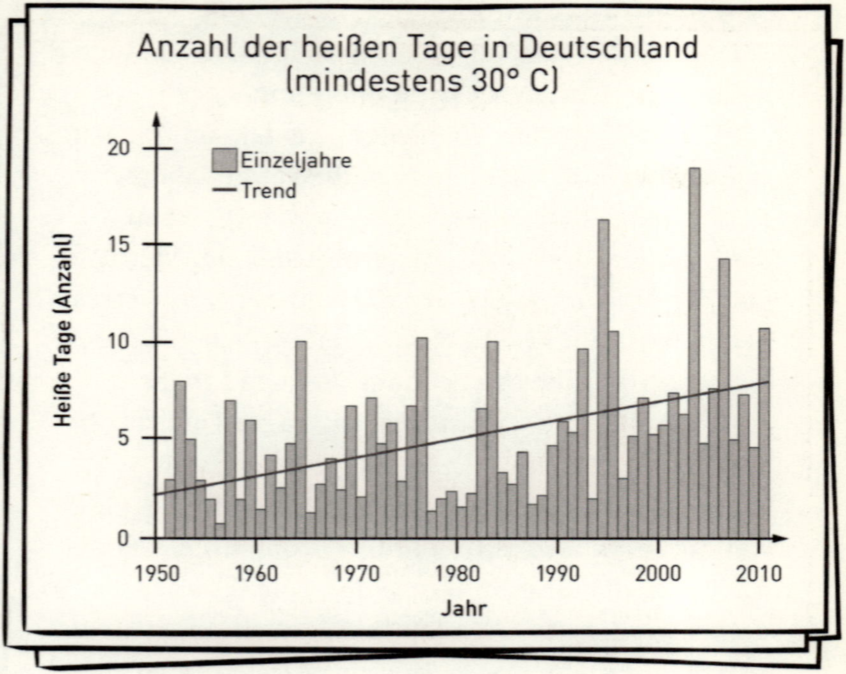

»Uff«, machte Emma.

»Die Anzahl der heißen Tage im Jahr nimmt immer mehr zu«, sagte Lina. »Und es gibt immer mehr Wetterextreme wie Dürren und Hagel und Orkane.«

»Ist doch nicht so schlimm, wenn es ein bisschen wärmer wird«, sagte Jan. »Dann passen wir uns eben daran an. Pflanzen Bananen an oder so. Und an Weihnachten laufen wir eben im T-Shirt rum, so wie letztes Jahr.«

»Woran passen wir uns an?«, fragte Lina.

»Hallo? Das hast du doch gerade selbst gesagt«, meinte Jan. »An die Klimaveränderung.«

»Aber wir wissen eben nicht genau, was passieren wird, davon rede ich doch die ganze Zeit«, erwiderte Lina. »Keiner weiß, was passiert, wenn sich die Erde um drei Grad erwärmt. Oder um vier. Was das für Auswirkungen auf die anderen Erdsysteme haben wird. Und wenn wir so weitermachen wie bisher, dann *werden* es drei oder vier Grad mehr.«

»Ich weiß, was dann passiert«, sagte Paul mit betont finsterer Miene. »Es ist das Ende der Welt.«

Lina beachtete ihn gar nicht, sie redete einfach weiter: »Und das gilt nicht nur für den Klimawandel. Auch für die Überdüngung der Felder – das Zeug verschwindet ja nicht einfach, es gelangt in die Flüsse und in die Meere. Und das Artensterben – wer weiß schon, ob eine Tierart, die wegen uns ausstirbt, nicht eines Tages ganz wichtig wird? Und die anderen Erdsysteme – überall machen wir Sachen, von denen wir nicht wissen, welche Folgen sie haben. Es ist ein gigantisches Experiment, das wir mit unserem Planeten veranstalten. Das ist doch wirklich ein Irrsinn, oder?«

Alle blickten Lina mit großen Augen an.

Sie lehnte sich zurück. Ja, es war ein absoluter Irrsinn, davon war sie felsenfest überzeugt. Als würde ein voll besetzter Bus bei Nebel auf eine enge Kurve zurasen. Aber die Menschen machten einfach so weiter wie bisher. Und Lina glaubte doch eigentlich an die Menschen und ihre Fähigkeit, die Dinge zum Besseren zu wenden.

Offenbar hatte sie also bei alldem etwas übersehen. Etwas Wichtiges. Vielleicht das Allerwichtigste …

JANS IRRSINN

Das Ganze war eine bescheuerte Idee!

Das hatte sich Jan als Erstes gedacht, als Lina vorgeschlagen hatte, dass jeder seinen Irrsinn auf eine Karteikarte schreiben sollte. Welchen Irrsinn? Nur weil Paul den Revoluzzer gespielt und sich mit Riesel angelegt hatte, musste doch nicht gleich alles ein Irrsinn sein? Und dann hatte sich Jan gedacht: Was habe *ich* eigentlich damit zu tun?

Es gab nämlich einige Dinge, die ihm tierisch auf die Nerven gingen. Zum Beispiel die gute Laune seiner kleinen Schwester am Morgen. Oder Pickel auf der Stirn. Oder wenn sein Lieblingsverein ein Bundesligaspiel verlor. Aber ganz besonders ging es ihm auf die

Nerven, wenn man ihn aufforderte, die Welt zu retten. Egal ob von Lehrern, von Politikern oder von Fernsehfritzen, ständig wurde einem gesagt, was man zu tun oder zu lassen hatte: Werft keinen Müll auf die Straße, trennt den Müll, recycelt den Müll, verbraucht nicht so viel Wasser, verbraucht nicht so viel Strom, denkt an die Eisbären, denkt an das Klima, denkt an die Bäume, fahrt weniger Auto, fliegt weniger Flugzeug, esst weniger Fleisch! Und so weiter und so fort. Auto fahren? Jan besaß ja noch nicht mal einen Führerschein! Und davon abgesehen hatte er wirklich genug andere Probleme in seinem Leben. Mit den Mädchen. Mit der Schule. Mit seinen Eltern. Mit seinem Trainer. Mit den Mädchen ... Warum musste er jetzt auch noch die Welt retten? Das war doch wirklich bescheuert.

Also hatte er einfach »Macht doch endlich was!« auf die Karteikarte geschrieben.

Denn für Jan war die Sache ziemlich klar: Gab es ein Problem, dann musste man es eben lösen. Der Mensch brachte das Klima durcheinander, verschmutzte die Meere, holzte die Wälder ab – dann musste er eben damit aufhören. Und wenn das nicht so einfach ging, dann holte man sich eben den Rat von Wissenschaftlern. Da gab es doch Tausende: Geologen, Chemiker, Physiker, wer auch immer. Die wussten schließlich Bescheid über die Erde und das Meer und die Atmosphäre und das alles. Sollten die doch sagen, was man tun musste. Im Gegensatz zu Paul war Jan nämlich davon überzeugt, dass die Erwachsenen die Sache schon in den Griff bekommen würden. Niemand will doch im Ernst die Umwelt zerstören, dachte er. Früher oder später würde sich schon jemand darum kümmern. Aber eben nicht er. Denn er hatte dafür echt keine Zeit.

»›Macht doch endlich was‹? Das ist doch kein Irrsinn«, sagte Anton, als sie sich über Jans Karte beugten.

»Doch, ist es«, sagte Jan. »Das ist der Ober-Irrsinn. Der absolute Mega-Irrsinn. Lina hat es ja gerade gesagt: Wir reden seit Jahren über die Umwelt und den ganzen Quatsch. Das ist so langweilig. Ich kann's nicht mehr hören. Immer wird irgendeine Katastrophe vorhergesagt. Immer ist irgendwo eine Krise. Immer ist es fünf vor zwölf. Das macht doch einfach keinen Spaß!«

»Wieso fünf vor zwölf?«, fragte Emma abwesend. Sie hatte schon die ganze Zeit verstohlen auf ihr Handy geguckt. »Es ist doch zwanzig vor zwölf.«

Die anderen lachten. Aber in einem mussten sie Jan insgeheim zustimmen: Spaß machte das wirklich nicht. War es früher den Jugendlichen auch so ergangen? Dass sie neben all dem Stress, den sie mit der Schule und den Erwachsenen und ihren eigenen Gefühlen hatten, sich auch noch um die Erde Sorgen machen mussten?

Jan steckte die Hände in die Hosentaschen, lehnte sich in seinem Stuhl zurück und wiederholte: »Also: Macht doch endlich was!«

»Und was genau?«, fragte Paul.

»Keine Ahnung«, sagte Jan. »Vielleicht eine Maschine, die die Erde ordentlich sauber macht. Das wär's doch!«

»Find ich gar nicht so schlecht«, sagte Anton. »Eine riesige Planetenputze wie in dem Film *Spaceballs*.«

»Den Film kenne ich zwar nicht, aber ich kann mir nicht vorstellen, dass das so einfach ist«, sagte Lina. »Die Erde ist nun mal kein Kinderzimmer, das man einfach so aufräumen kann.«

»Dann macht man halt irgendetwas anderes«, sagte Jan. »Jedenfalls verstehe ich einfach nicht, warum das so schwierig sein soll. Wir haben doch schon ganz andere Dinge hinbekommen. Wir waren am Nordpol. Wir waren auf dem Mond. Wir haben Atomkraftwerke gebaut. Es gibt nichts, was wir nicht können.«

»Doch«, sagte Lina. »Wir können kein *sicheres* Atomkraftwerk bauen.«

»Ach«, sagte Jan. »Das ist doch nur eine Frage der Zeit. Irgendwann wirst du sogar in deiner Wohnung eine Art Atomkraftwerk haben. Und Energie ohne Ende. Hab ich mal im Fernsehen gesehen.«

Lina verschränkte die Arme und machte ein skeptisches Gesicht. »Jungs wollen immer irgendwas bauen. Meinst du nicht, dass wir schon genug gebaut haben?«

»Und Mädchen labern immer nur rum«, schnappte Jan zurück. »Es geht doch einfach darum, endlich etwas zu machen. Ich meine, das ist wie beim Fußball. Du willst das Spiel gewinnen. Also stellst du die richtige Mannschaft auf. Legst dir eine Strategie zurecht. Und dann hängst du dich richtig rein.«

»Jan und sein Fußball«, seufzte Emma.

»Und was hat das mit der Umwelt zu tun?«, fragte Lina.

»Da ist es doch genau dasselbe«, sagte Jan triumphierend. »Alle wissen, dass etwas falsch läuft, oder? Also muss man etwas dagegen tun. Eine Mannschaft aufstellen. Die Schwächen des Gegners studieren. Eine Strategie festlegen. Und gewinnen!«

»Und wer ist der Gegner?«, fragte Paul.

»Oh, Mann!«, rief Jan. Hatte er es hier mit einem Haufen Grundschüler zu tun? »Na, was denkst du wohl, wer der Gegner ist? Der Klimawandel natürlich. Oder eben die Verschmutzung der Meere. Oder das Artensterben. Und so weiter.«

»Der Klimawandel ist doch keine Fußballmannschaft«, widersprach Anton stirnrunzelnd.

Jan seufzte. »Natürlich nicht, aber er ist *wie* eine gegnerische Mannschaft. Verstehst du?«

Anton sah noch immer nicht so aus, als hätte er Jan verstanden.

»Also, ich weiß nicht«, sagte Lina. »Wie soll man gegen die Umweltzerstörung wie gegen eine Fußballmannschaft kämpfen? Das würde ja heißen, dass wir genau wissen, gegen *wen* wir kämpfen. Und *wer* dafür verantwortlich ist.«

»Aber das wissen wir doch«, sagte Jan.

Lina sah ihn fragend an. »Ja?«

»Ja, äh, die Autos zum Beispiel«, sagte Jan. »Und die Fabriken. Jedenfalls alle, die das CO_2 ausstoßen.«

»Dann kämpfen wir also gegen die Autos und die Fabriken?«, fragte Lina.

»Ja«, sagte Jan. »Wir verbieten ihnen einfach, weiter Dreck zu machen. Also, ich meine, die Politiker verbieten es ihnen.«

»Aber das hätten sie ja schon längst tun können«, sagte Lina.

»Die Politiker machen das, was die Wirtschaft will«, warf Paul mit düsterer Stimme ein. »Und die Wirtschaft will Geld machen, egal, ob es der Umwelt schadet oder nicht. Darum geht es doch!«

»Meinetwegen, dann kämpfen wir eben gegen die Politiker und die Wirtschaft«, sagte Jan.

»Aber wir haben doch die Politiker gewählt«, sagte Lina. »Also, nicht wir. Sondern die Erwachsenen.«

»Das sag ich doch die ganze Zeit«, sagte Paul. »Wir kämpfen gegen die Erwachsenen.«

»*Du* vielleicht«, sagte Jan mürrisch.

Sie schwiegen eine Weile. Marie griff nach ihrem Stift und begann zu zeichnen.

»Also, ich finde, Jugendliche sollten auch wählen dürfen«, sagte Emma schließlich.

»Genau«, sagte Paul. »Und alten Knackern sollte man es verbieten. Außer sie beweisen, dass sie sich noch für die Zukunft interessieren.«

Jan seufzte. Er wäre jetzt wirklich viel lieber mit seinen Kumpels auf dem Fußballplatz. »Eigentlich ist es doch egal, gegen wen wir genau kämpfen. Hauptsache, irgendjemand macht endlich mal was.«

»Du meinst, irgendjemand anders«, sagte Lina.

»Ja, klar«, erwiderte Jan. »Was habe ich damit zu tun?«

»Aber du bist doch auch mit schuld daran«, sagte Lina.

Jan sah sie verdutzt an. »Wieso?«

»Weißt du denn nicht, was alles den Klimawandel mit verursacht? Da kann man nicht einfach sagen, dass einen das nichts angeht. Hier, ich zeig euch mal eine Grafik.« Sie griff nach ihrer Tasche und wühlte darin herum.

»Nein«, riefen Emma, Jan und Anton wie aus einem Mund. »Keine Grafik! Verschon uns!«

»Ist ja gut«, sagte Lina säuerlich und schob die Papiere wieder in die Tasche zurück. »Ich wollte euch nur zeigen, was alles zum Klimawandel beiträgt. Autos und Fabriken zum Beispiel. Aber auch unsere Heizungen. Und die Landwirtschaft…«

»Genau, die furzenden Kühe«, platzte Anton heraus.

»Wieso furzende Kühe?«, fragte Emma und strich sich die Haare aus dem Gesicht.

»Äh, hab ich mal gelesen«, murmelte Anton kleinlaut. »Hat irgendwas mit Methan zu tun…«

»Jedenfalls sind wir alle am Klimawandel beteiligt«, fuhr Lina fort. »Wenn wir unsere Wohnungen heizen. Wenn wir Fleisch essen. Wenn wir Auto fahren.«

»Ich hab kein Auto«, sagte Jan und sah Anton an. »Und eine furzende Kuh hab ich auch nicht.«

»Aber du fährst im Auto deiner Eltern mit«, sagte Lina. »Und du fliegst mit dem Flugzeug in den Urlaub. Und im Winter willst du es schön warm haben. Das alles erzeugt CO_2 und heizt die Atmosphäre an.«

»Und ihr heizt etwa im Winter nicht?«, schnappte Jan. »Und esst nur Salat? Ihr Gutmenschen!«

Das war nämlich auch so eine Sache, die Jan tierisch auf die Nerven ging: Immer fühlten sich Ökos wie Lina anderen moralisch überlegen. Immer glaubten sie, sie wären die Guten und die anderen wären Verbrecher oder so. Was war denn so schlimm daran, wenn man mal mit dem Auto fuhr? Oder einen Hamburger aß? Schließlich war es ja nicht verboten. Diese Weltverbesserer konnten ihm wirklich gestohlen bleiben. Ja, das musste er jetzt einfach mal loswerden. Also sagte er: »Am liebsten würdet ihr alles verbieten, oder?« Er funkelte Lina an. »Das wäre dann eure Lösung. Lina, die Öko-Diktatorin!«

»Jedenfalls«, erwiderte Lina beleidigt, »würde ich deinen blöden Fußball verbieten.«

Paul lehnte sich lächelnd zurück. »Das alles beweist doch nur, was ich von Anfang an gesagt habe. Die ganze Sache ist hoffnungslos im Eimer. Die Erwachsenen haben ein einziges Chaos angerichtet. Denen geht es doch nur um sich und ihr Geld.«

»Das stimmt nicht«, sagte Lina. »Ich kenne Erwachsene, die sich wirklich Sorgen machen. Mein Vater …«

»… der Gutmensch«, unterbrach sie Jan.

»Jetzt halt doch mal den Mund«, zischte Lina ihn an. »Mein Vater macht sich jede Menge Sorgen. Und er spricht viel mit uns darüber. Ihm geht es nicht nur um sich.«

»Wenn wir das machen, was dein Vater will«, sagte Jan, »dann würde doch alles zusammenbrechen. Dann hätten wir keinen Strom mehr. Und keine Computer. Dann würden wir wirklich wieder in Höhlen leben«, schloss er grinsend. Mal sehen, was Lina dazu zu sagen hatte.

Marie schob ihre Zeichnung in die Mitte des Tisches.

Und wer war's?

»Vielleicht sollten wir für heute Schluss machen«, sagte Emma. »Jan hat uns seinen Irrsinn ja jetzt erklärt. Oder seinen Nicht-Irrsinn. Mir schwirrt schon der Kopf, und Hunger hab ich auch.«

Lina hatte aber ganz offensichtlich noch keine Lust, nach Hause zu gehen. Ihre Augen blitzten kämpferisch. »Was ist denn nun dein Vorschlag, Jan?«, fragte sie. »Wir sagen allen Leuten, dass sie endlich etwas machen müssen? Und kümmern uns dann um andere Dinge?«

»Ganz genau«, sagte Jan.

»Also, ich finde, du machst es dir damit wirklich zu einfach«, sagte Lina.

»Und ich finde, dass jeder das tun soll, was ihn auch etwas angeht«, sagte Jan.

»Wenn das jeder sagt, dann macht keiner was«, sagte Lina.

Alle schwiegen. Ganz offensichtlich drehten sie sich im Kreis.

»Aber wir leben doch auf ein und demselben Planeten«, sagte Anton nach einer Weile. »Ich meine, wir alle – die, die es was angeht, und die, die sich lieber um andere Dinge kümmern. Ausbaden müssen es am Ende alle.«

»Fein«, sagte Emma. »Dann einigen wir uns darauf, dass alle für alles verantwortlich sind und alle alles ausbaden müssen. Das klingt doch gut.«

»Quatsch!«, rief Jan und dachte: Aber echt, was geht's mich an, wenn im Pazifik Hurrikane wüten? Soll doch jeder selbst schauen, wo er bleibt! Bei uns ist das Wetter doch noch in Ordnung. Und Trinkwasser haben wir auch genug.

Doch dann dachte er: Und was, wenn irgendjemand auf der anderen Seite der Welt gerade genau dasselbe denkt? Was geht's mich an, wenn in Europa wegen Dauerregen die Flüsse ganze Städte überschwemmen? Sollen sie sich doch Boote kaufen!

Er kratzte sich am Ohr und überlegte. Klar, es war zweifellos richtig, was Anton gerade gesagt hatte: Sie lebten alle auf demselben Planeten. Aber das konnte doch nicht heißen, dass alle für alles verantwortlich waren. Er, Jan, war jedenfalls nicht für alles verantwortlich. Wer war er denn? Ein ganz normaler Schüler der Klasse 7C. Gut, er war noch der Sohn seiner Eltern. Der große Bruder seiner Schwester. Und der Freund seiner Freunde. Und Stürmer im Fußballteam. Und wenn er in den Urlaub fuhr, war er Tourist. Und wenn er vor dem Computer saß, war er Gamer. Und so weiter. Aber das hatte doch alles nichts mit der Umwelt zu tun. Er wollte doch die Umwelt ganz bestimmt nicht zerstören. Und er kannte auch keinen anderen, der das wollte. Niemand wollte das.

Und trotzdem geschah es.

Irgendetwas an der ganzen Sache stimmte also nicht.

Irgendetwas daran war sehr, sehr merkwürdig.

Wer spielte hier wirklich gegen wen?

EMMAS IRRSINN

In einem hatte sich Emma wirklich getäuscht: Sie hatte gedacht, in dieser komischen Gruppe, die sich um Paul gebildet hatte, hätte sie nicht viel zu tun. Immerhin waren ja bald Sommerferien – und wer wollte sich da noch groß anstrengen? Und um ganz ehrlich zu sein: Die Sache mit der Umwelt stand auf ihrer To-do-Liste jetzt nicht unbedingt an erster Stelle. Natürlich, Tiere waren schon süß (wenn sie nicht stanken), und Emma lag zu Hause auch gerne mal im Garten, aber davon abgesehen interessierte sie sich eher für Make-up und Klamotten. Und dafür, sich mit ihren Freundinnen zum Shoppen zu treffen. Und für die coolen Jungs in der Mittelstufe, die nicht nur Raumschiffe oder Fußball im Kopf hatten. Überhaupt kostete es so viel Zeit, nicht den Anschluss zu verlieren – wer in der Schule beliebt sein wollte, der musste auch etwas dafür tun. Emma war beliebt. Und sie war entschlossen, es auch zu bleiben. Da konnte sie sich nicht auch noch um die Umwelt kümmern.

Außerdem fand sie die ganzen bisherigen Diskussionen in der Gruppe echt verwirrend. Wem was auf der Erde gehörte, wer für was verantwortlich war, und dazu noch Pauls ständige Vorwürfe an die Erwachsenen – da blickte doch niemand mehr durch. Und warum waren alle so unglaublich negativ? So schlimm war es doch gar nicht, oder? Sie konnte doch alles, was sie brauchte, kaufen oder sich aus dem Internet herunterladen: Kleidung, Handys, Apps. Und in den Ferien würde sie mit ihren Eltern auf die Kanarischen Inseln fliegen, wie jedes Jahr, und da freute sie sich schon riesig drauf.

Nein, Emma hatte definitiv nicht vor, sich von den anderen in der Gruppe die Laune verderben zu lassen.

Andererseits hatte sie aber auch nicht vor, vor den anderen dumm dazustehen.

Sie wusste, dass die anderen sie für etwas dumm hielten – aber die waren eben nur neidisch auf sie, weil sie so beliebt war. Sie würde ihnen schon zeigen, dass sie auch etwas auf dem Kasten hatte, Umwelt hin oder her. Also hatte Emma sich ganz genau überlegt, was auf ihrer Karteikarte stehen sollte. Sie wollte sich nicht einfach aus der ganzen Sache rausmogeln, sondern beweisen, dass auch sie sich Gedanken über die Umwelt machte. Ernsthafte Gedanken. Und dass sie zu dem Schluss gekommen war, dass man ohnehin nichts bewirken konnte – die Umweltprobleme waren doch viel zu groß, als dass sie hier in Europa irgendetwas dagegen tun konnten.

Glaubte denn Lina wirklich, dass es irgendetwas ausmachte, wenn sie hier weniger Auto fuhren – während in China Millionen von Menschen ein Auto haben wollten? Oder wenn sie hier sorgfältig den Müll trennten – während die Menschen in anderen Ländern einfach alles ins Meer warfen? Oder wenn sie hier alle Atomkraftwerke abschalteten – während sie woanders wie Pilze aus dem Boden schossen? Überhaupt gab es woanders viel zu viele Leute, viel zu viele Amerikaner und Inder und Brasilianer und Chinesen. Wenn die nichts unternahmen, dann half es auch nichts, wenn man hier etwas unternahm. So war das eben.

Genau so sagte Emma das am Mittwochmorgen den anderen, und sie war ziemlich stolz auf ihre Argumentation. Ihr Irrsinn war, dass alle dachten, sie könnten etwas bewirken – doch das konnten sie nicht. Das hatte sie herausgefunden.

Aber wie erwartet, musste Lina mal wieder ihren

blöden Senf dazugeben. »Das ist doch kein Argument, nichts zu tun, Emma«, sagte sie. »Stell dir vor, alle würden das sagen. Dann würde überhaupt nichts geschehen. Und *das* wäre Irrsinn!«

Emma zog einen Schmollmund. »Aber ich sage das ja nicht, weil ich nichts tun will«, sagte sie. »Sondern weil es einfach nichts bringt. Wir sind hier viel zu wenige. Niemand interessiert es, ob wir unseren Müll trennen oder nicht. Oder ob wir ganz viel Fahrrad fahren oder nicht. Oder Energiesparlampen kaufen oder nicht. Oder oder oder. Schau dir doch mal an, was die anderen alles machen. Und die sind viel mehr als wir. Das ist ja, als würde eine Ameise einem Elefanten einen Fußtritt verpassen.« Emma würde sich selbst zwar nicht als Ameise bezeichnen, aber der Vergleich schien ihr passend.

»Also, da hat Emma ausnahmsweise recht«, pflichtete Jan ihr völlig überraschend bei. »Dass die anderen in der Überzahl sind, meine ich. Und dass die alle ein Auto haben wollen und so weiter.«

»Ja, klar«, sagte Lina. »Wir haben ja auch alle ein Auto. Oder sogar zwei. Warum sollten sie also keines haben wollen?«

»Weil dann alles kaputt geht«, murrte Paul. »Das hast du doch selbst gesagt.«

»Aber wir können es ihnen ja auch nicht verbieten, oder?«, sagte Anton.

»Es geht nicht ums Verbieten«, sagte Lina.

»Sondern?«, fragte Jan.

»Es geht darum, dass …« Lina brach ab.

»Siehst du, du weißt es auch nicht besser«, sagte Emma zufrieden.

Was Lina natürlich nicht auf sich sitzen lassen konnte. »Es geht darum, dass das, was du sagst, einfach kein Argument ist. Stellt euch vor, alle hätten immer nur das gemacht, was alle machen. Was hätte es dann alles nicht gegeben?«

»Was meinst du?«, fragte Anton.

»Na, zum Beispiel dürften Frauen dann immer noch nicht zur Wahl gehen. Das haben wir doch in Geschichte gelernt. Oder es gäbe immer noch Sklaven. Wenn jeder gesagt hätte, man könne eh nichts bewirken, dann hätten wir keine Gleichberechtigung und keine Menschenrechte und das alles.«

»Aber das ist doch nicht dasselbe«, sagte Emma, die sich vorgenommen hatte, ihren Standpunkt eisern zu verteidigen. »Das sind, äh, Äpfel und Birnen. Wenn ich etwas weniger Abgase in die Luft puste und der Klimawandel trotzdem stattfindet, kommt es doch offenbar auf das, was ich tue oder lasse, nicht an, oder?«

»Dann ist alles eben so, weil es eben so ist«, sagte Lina. »Das willst du uns sagen?« Sie wartete Emmas Antwort gar nicht erst ab, sondern fügte hinzu:

»Und wie wird dann überhaupt irgendetwas mal besser?«

Paul gab einen leisen Pfiff von sich und sagte: »Wird es eben nicht. Es wird alles immer schlechter. Weil die Menschen einfach zu dumm sind.«

Emma blickte in die Runde. Sie merkte gerade, dass sie selbst auch nur bis zu diesem Punkt gedacht hatte. Wie würde dann irgendwann einmal etwas besser werden? Uff, das war alles wirklich sehr kompliziert! Also sagte sie: »Warum müssen *wir* uns eigentlich diese Fragen stellen? Ich meine, wir sind doch noch jung. Wir können uns doch auch noch später darum kümmern.«

»Später?«, sagte Paul und grinste verschlagen. »Später bist du eine von *denen.*«

Emma beachtete ihn nicht. »Ich meine, habt ihr schon mal davon gehört, dass jemand in unserem Alter die Welt verändert hat?«, fragte sie.

Sie sahen sich an, während Marie zeichnete. Ihr Stift kratzte über das Papier.

»Dieser Felix zum Beispiel«, sagte Anton nach einer Weile. »Der pflanzt Bäume und fordert Kinder und Jugendliche rund um die Welt auf, dasselbe zu tun.«

»Streber!«, sagte Jan.

»Immerhin macht er was«, sagte Anton. »Und er ist genauso alt wie wir.«

»Na gut, einer vielleicht«, sagte Emma.

»Und Malala«, sagte Lina.

»Wer?«, fragte Jan.

»Habt ihr das nicht in den Nachrichten gesehen?«, sagte Lina. »Sie hat sich dafür eingesetzt, dass die Mädchen in Pakistan zur Schule gehen können. Deswegen hat man auf sie geschossen. Sie wäre fast gestorben. Und jetzt ist sie ein Vorbild für Millionen von Kindern auf der ganzen Welt. Sie hat wirklich etwas verändert.«

»Ich will aber nicht, dass man auf mich schießt«, sagte Emma. »Und überhaupt, das ist doch kein Leben. Ich will auch noch Spaß haben. Diese Malala muss jetzt bestimmt ständig aufpassen. Und dieser Felix hat bestimmt keine freie Minute mehr. Wollt ihr das?«

Alle dachten darüber nach, aber für Emma war die Sache bereits klar: Sie wollte auf gar keinen Fall ihre ganze Freizeit opfern oder vielleicht sogar ihr Leben, nur damit sich etwas veränderte. Das war einfach nicht ihr Ding.

»Es muss ja nicht gleich alles so groß sein«, sagte Lina schließlich. »Meine Eltern haben mir mal ein Buch geschenkt, das lustigerweise genau so hieß: *Kinder, die die Welt verändern*. Und da waren lauter Geschichten drin, wie zum Beispiel die von einer Schülerin in Indien, die nicht mehr mit ansehen konnte, dass in ihrer Schulmensa so viel Essen weggeworfen wurde. Also haben sie und ihre Freundinnen mithilfe von Kompostern und Regenwürmern aus dem Abfall wertvolle Erde gewonnen. Und heute sind es schon über sechsundzwanzig Schulen in ihrer Gegend, die das nachmachen.«

»Ihh, Regenwürmer«, sagte Emma.

»Oder ein elfjähriger Junge in Amerika«, fuhr Lina fort. »Vor einigen Jahren, als kaputte Computer und andere Elektrogeräte noch einfach so auf den Müll geschmissen wurden, haben er und ein paar Freunde ihre Stadtverwaltung überredet, Container für Elektroschrott aufzustellen, um die Geräte zu recyceln. Und daraus wurde dann sogar ein Gesetz. Man kann also auch kleine Dinge tun. Und muss nicht alles dafür opfern.«

»Aber dann sind wir ja wieder da, wo wir am Anfang waren«, sagte Jan. »Was bringt es, hier unseren Elektroschrott zu recyceln, wenn die Chinesen gleichzeitig tausendmal mehr wegwerfen?«

»Ich finde schon, dass das was bringt«, beharrte Lina. »Und selbst wenn es nichts bringt, dann zeigt es zumindest, dass man es auch anders machen kann.«

»Aber nicht jeder interessiert sich für Elektroschrott oder Regenwürmer«, sagte Emma. »Ich jedenfalls nicht.«

»Stimmt«, sagte Jan. »Du interessiert dich nur für Klamotten und anderen Mädchenkram.«

»Blödmann«, zischte Emma. Aber irgendwie hatte Jan natürlich recht, auch wenn sie es ihm gegenüber nie zugeben würde. Sie liebte Mode. Sie liebte es, mit ihren Freundinnen darüber zu reden, sich Zeitschriften und Fashion-Blogs anzusehen und stundenlang in Läden rumzustöbern. Na und? Sollte sie sich etwa dafür schämen? Aber sie wusste natürlich genau, was jetzt kommen würde. Lina, die Ober-Lehrerin, würde eine Debatte über ökologisch korrekte Kleidung vom Zaun brechen.

Und so kam es auch. »Was Klamotten betrifft, kann man einiges tun«, sagte Lina. »Dieser ganze Billigkram zum Beispiel – der ist nur so billig, weil die Menschen in den Entwicklungsländern dafür einen Hungerlohn kriegen. Und weil für die Herstellung der Stoffe keine Rücksicht auf die Umwelt genommen wird. Hast du darüber schon mal nachgedacht, Emma?«

Emma spürte, wie sie vor Wut rot wurde. Musste sie sich das wirklich sagen lassen? Ausgerechnet von Lina, die aussah, als würde sie jeden Morgen nach dem Aufstehen in einen großen Jutesack steigen? »Ich kaufe keinen Billigkram«, schnappte sie. »Du vielleicht, ich nicht.«

»Okay«, sagte Lina, die komischerweise keineswegs beleidigt schien. »Aber weißt du dann wenigstes, wo deine Sachen herkommen? Wo sie produziert wurden? Und wie? Und was alles drin ist?«

»Wie, was alles drin ist?«, fragte Emma. Was wollte Lina denn jetzt wieder?

»Na, welche Materialien verwendet wurden«, sagte Lina. »Und ob die recycelbar sind.«

Aha, dachte Emma. Deshalb trug Lina also immer Jutesäcke. Damit sie sie in die Biotonne schmeißen konnte. Aber sie wollte wirklich nicht mit Lina über Mode streiten. Die hatte davon echt keine Ahnung. Also sagte sie: »Das kann doch keiner ganz genau überprüfen, wo was herkommt. Ich meine, man kann ja nicht in die Fabriken gehen und einfach nachschauen.«

»Kann man schon«, warf Anton ein. »Also, nicht direkt in den Fabriken. Aber es gibt Öko-Siegel für alle möglichen Produkte. Und man kann im Internet nachschauen, was sie bedeuten. Das habe ich mal mit meinen Turnschuhen gemacht.«

Lina nickte. »Ja«, sagte sie. »Und man kann sich darüber informieren, wie die Arbeitsbedingungen in bestimmten Fabriken sind. Und wie viel Wasser für die Herstellung deiner Jeans verbraucht wird. Und wie viele Chemikalien verwendet werden.«

»Aber das dauert ja ewig«, stöhnte Emma. »Und was mache ich dann?«

»Na, dann könntest du damit aufhören, Klamotten von bestimmten Firmen zu kaufen«, sagte Lina. »Du würdest vom Bäcker ja auch keine Brötchen kaufen, wenn du wüsstet, dass sie umweltschädlich hergestellt wurden, oder?«

»Aber alle kaufen doch diese Sachen. Warum muss unbedingt ich was anderes tun?«, sagte Emma. Und im selben Augenblick merkte sie, dass sie immer wieder dasselbe Argument anbrachte. Aber es stimmte doch schließlich auch, oder? »Niemand kann beweisen, dass es etwas bringt, wenn gerade ich mich ändere«, sagte sie und sah die anderen an.

»Du hast recht, Emma«, sagte Lina. »Niemand kann das. Es hat keinen Sinn, weiter darüber zu streiten. Aber vielleicht geht es gar nicht darum, ob eine Sache etwas bringt oder nicht. Sondern einfach darum, was dir wichtig ist.«

Jetzt sahen alle anderen Emma an. Und Emma freute sich. Jedenfalls dachte sie, dass sie sich eigentlich freuen sollte. Immerhin hatte sie gegen die ach-so-kluge Lina gewonnen. Lina hatte gesagt, dass sie recht hatte – der Jutesack hatte ihr Argument nicht widerlegen können. Aber aus irgendwelchen Gründen freute sie sich nicht richtig. Ja, eigentlich freute sie sich überhaupt nicht.

Was dir wichtig ist…

Stimmt, dachte Emma, es geht immer darum, was einem wichtig ist. Und ihr waren eben andere Dinge wichtig als Lina und Paul und dem Rest der Gruppe. Oder? Jedenfalls mochte sie andere Dinge.

Aber *wichtig*? Was war ihr eigentlich wirklich *wichtig*? Komische Frage.

Sie blickte auf Maries fertige Zeichnung.

Uff, dachte Emma. Das ist alles sehr, sehr anstrengend!

PAULS IRRSINN

Es war natürlich keine Überraschung, dass Paul genau das auf seine Karteikarte geschrieben hatte, was zu dem Streit mit Herrn Riesling geführt hatte. Und dazu, dass sie jetzt in dieser Gruppe zusammensaßen und über all die unterschiedlichen Arten von Irrsinn sprachen. Pauls Irrsinn war der erste gewesen. Pauls Irrsinn war die Mutter allen Irrsinns.

So sah er es jedenfalls. Und er verstand gar nicht, wie man es anders sehen konnte. Der Planet, auf dem er vor vierzehn Jahren zur Welt gekommen war, der Planet Erde, war kaputt. Umgegraben, ausgesaugt, abgefackelt, zugemüllt. Und wohin man blickte Menschen, die sich nur für sich selbst interessierten:

für ihr Geld, für ihre Autos, für ihre Häuser, für ihre Flugzeuge, für ihre Waffen, für ihren Besitz, für ihre Macht. Klar, über die Umwelt wurde jede Menge gelabert – sogar widerliche Ölkonzerne und Billigsupermärkte warben neuerdings mit »Nachhaltigkeit« und so was. Aber eigentlich interessierte sich doch niemand ernsthaft dafür.

Die anderen in der Klasse (und auch Pauls Familie) nannten ihn deshalb »Schwarzseher« oder »Nihilist« – auch wenn einige gar nicht wussten, was ein Nihilist war. Paul selbst sah sich aber gar nicht so. Zumindest rannte er nicht ständig in schwarzen Klamotten rum und war vierundzwanzig Stunden am Tag verzweifelt. Nein, er spielte gerne Schlagzeug und ging mit Freunden skaten, und er zählte auch nicht zu den schlechtesten Schülern in der Klasse. Aber er hatte eben seine Meinung, und manchmal konnte er das Gerede der Erwachsenen einfach nicht mehr ertragen. So wie das von Riesel am Montag – ach, wie toll wir doch alle sind, wir tun was für die Umwelt, wir essen mehr Bio, wir verbrauchen weniger Energie, blablabla. Wobei Paul gar nichts dagegen hatte, mehr Bio zu essen oder weniger Energie zu verbrauchen. Aber gegen eines hatte er ganz entschieden etwas: dass die Erwachsenen ihm Vorschriften machten. Ob Lehrer, Eltern oder irgendwer sonst – Paul ließ sich in dieser Hinsicht einfach nichts sagen. Wer waren die denn?

Was hatten die denn getrieben, als er noch nicht auf der Welt gewesen war? Und warum glaubten die, er würde jetzt die Suppe auslöffeln, die sie ihm und allen anderen Jugendlichen eingebrockt hatten?

Nein, die Erwachsenen hatten ihre Chance gehabt. Und sie hatten sie nicht genutzt. Das war jedenfalls Pauls Meinung.

Und er machte sich bereit, seine Meinung gegenüber den anderen ein weiteres Mal zu verteidigen, als seine Karteikarte auf den Tisch gelegt wurde. Doch dann geschah etwas Überraschendes. Keiner der anderen hatte offenbar große Lust, sich mit ihm zu streiten.

»Pauls Irrsinn können wir überspringen«, sagte Anton. »Wir wissen ja, was er uns sagen will, oder? Dass alles blöd und sinnlos ist.«

Die anderen murmelten zustimmend oder nickten. Was Paul einigermaßen wütend machte.

»Ihr wollt es einfach nur nicht wahrhaben«, sagte er herausfordernd. »Ihr könnt mir nicht das Gegenteil beweisen – deshalb wollt ihr auch nicht darüber reden, oder? Na gut, soll mir recht sein.«

»Ich weiß einfach nicht, worüber wir reden sollen«, sagte Lina. »Und ich weiß auch überhaupt nicht, was du am Freitag Riesel sagen willst.«

Paul steckte die Hände in die Taschen. »Das ist doch ganz egal, was ich am Freitag sage. Riesel hört doch sowieso nicht zu. Keiner von denen hört uns zu.«

»Und was würdest du sagen, *wenn* er zuhören würde?«, fragte Jan.

Paul dachte nach. So richtig hatte er sich das noch gar nicht überlegt, wenn er ehrlich war. »Dass der Mensch nur aus Katastrophen lernt«, sagte er schließlich. »Das würde ich ihm sagen. Ist doch so, oder? Die Menschen machen einfach immer weiter – bis es zu einem Krieg oder einer Krise oder irgendeiner anderen Katastrophe kommt. Also muss die Erde erst einmal kaputtgehen, bevor irgendetwas passiert. *Das* würde ich ihm sagen.«

Alle sahen Paul an. Sie mussten zugeben, dass da etwas dran war. Schließlich hatten sie im Geschichts-

unterricht gelernt, dass die Menschheitsgeschichte eine endlose Abfolge von Kriegen und Massakern war. Und was die Gegenwart betraf: Wann war eigentlich gerade mal *nicht* von einer Krise die Rede? Finanzkrise, Eurokrise, Flüchtlingskrise, Energiekrise, Umweltkrise – die Krise schien der Normalzustand zu sein. Da konnte man ganz schön schlechte Laune bekommen.

So wie Paul. Er hatte *echt* schlechte Laune.

»Aber Riesel hat gesagt, wir sollen uns Ideen überlegen«, sagte Anton. »Und das ist doch keine Idee.«

»Ideen?«, sagte Paul. »Warum sollen wir den Erwachsenen Ideen liefern? Sollen die doch selbst sehen, wie sie das wieder hinkriegen.«

Aus dem Augenwinkel sah Paul, dass Marie eine neue Zeichnung in die Mitte des Tisches schob.

»Pfff!«, machte Paul. »Da liegst du falsch, Marie. Ich werd denen nicht sagen, wie man's besser macht.«

»Aber es geht doch um deine Zukunft«, sagte Lina energisch. »Es geht um unsere Zukunft. Wir *müssen* doch etwas tun!«

Paul kniff die Augen zusammen. Ja, klar, es ging um ihre Zukunft. Aber er glaubte eben nicht an ihre Zukunft. Nicht an Antons und Linas und Jans und Emmas und Maries Zukunft. Nicht an seine eigene Zukunft. Paul glaubte einfach nicht daran, dass die Menschheit eine Zukunft hatte. Jedenfalls keine gute. Er zuckte mit den Schultern.

»Und überhaupt passiert doch auch viel Gutes«, sagte Lina. »Schau dich doch mal um. So viele Menschen engagieren sich. Es gibt Tausende von Projekten, um die Umwelt zu bewahren. Außerdem wissen wir heute viel mehr als früher. Wir können unsere Fehler wiedergutmachen.«

»Wiedergutmachen?«, sagte Paul. »Wo machen es die Menschen denn wieder gut? Du hast doch selbst gesagt, dass alles genauso weitergeht wie immer. Bald sind alle deine planetaren Grenzen überschritten. Und jeder fährt mit einem dicken Auto herum.« Er sah die anderen mit triumphierendem Blick an. »Und die Autoproduzenten scheffeln Milliarden. Darum geht es doch letztlich – ums Geld. Ist doch egal, ob die Umwelt dabei zerstört wird oder nicht.«

Denn Paul war überzeugt, dass er etwas wusste, was die anderen nicht wussten. Er wusste, wem der Planet wirklich gehörte. Wer hier wirklich das Sagen hatte. Die Konzerne, die Firmen, die Wirtschaftsbosse – die hatten das Sagen. Und die Zerstörung der Umwelt brachte ihnen viel Geld ein.

»Nicht jeder will ein dickes Auto«, sagte Lina. »Und wenn, dann müssen wir eben dafür sorgen, dass es mit erneuerbarer Energie fährt. Das wäre doch eine Aufgabe für uns.«

»Ja, klar«, sagte Paul. »Unsere Großeltern und unsere Eltern haben das ganze Öl und die ganze Kohle verbraucht und in Saus und Braus gelebt – und *wir* müssen uns jetzt irgendwas anderes ausdenken. Das hätten sie sich ja wirklich mal früher überlegen können. Und die Erwachsenen verbrauchen das Öl und die Kohle ja *immer noch*, obwohl sie längst wissen, dass es die Umwelt kaputtmacht. Wie idiotisch ist das denn!«

»So schnell geht das alles eben nicht«, sagte Lina. »Früher sind die Leute in Europa ja auch jubelnd in den Krieg gezogen. Das ist nicht mehr so. Wir haben etwas gelernt.«

»Ja, genau«, pflichtete Jan Lina bei. »Außerdem kann man nicht einfach alles von einem Tag auf den anderen umstellen. Unsere Wirtschaft ist nun mal auf Öl und Kohle und Gas aufgebaut. Wenn wir damit einfach so aufhören, verlieren ganz viele Leute ihre Jobs. Und von irgendetwas müssen sie doch leben.«

Na, jetzt hat sich ja doch noch eine Diskussion um meinen Irrsinn entwickelt, dachte Paul. Aber keines der Argumente konnte ihn wirklich von seiner Meinung abbringen. Natürlich gingen die Dinge manchmal sehr langsam voran – aber was half es der Umwelt, wenn die Menschen sich Zeit ließen? Für die Umwelt war es dann schon zu spät. Und natürlich brauchten die Menschen Jobs, um Geld zu verdienen. Aber was half das ganze Geld, wenn der Planet eine Trümmerwüste war?

Genau das fragte er die anderen.

Daraufhin schwiegen alle eine Weile. Schließlich sagte Emma: »Dann leben wir also bald in einer kaputten Welt mit einem Diktator und kämpfen alle gegeneinander. So wie in diesem Film.«

Den Film kannten sie natürlich alle. Überhaupt kannten sie jede Menge Filme und Bücher, die ein ziemlich düsteres Bild von der Zukunft zeichneten: mit Dürren und Seuchen und Kriegen und Katastrophen. Diese Filme und Bücher waren ziemlich cool, weil es da ja vor allem um Liebe und Freundschaft und jede Menge Action ging. Aber jetzt, als sie genauer darüber nachdachten, wurde ihnen ganz mulmig zumute. War das wirklich *ihre* Zukunft?

»Warum gibt es eigentlich keine guten, äh, ich

meine, keine positiven Zukunftsgeschichten?«, fragte Emma.

»Weil die langweilig sind«, sagte Jan.

»Ja«, sagte Anton. »Die würde sich niemand anschauen. Und wozu auch? Denkst du, dass das so einfach wäre? Eine positive Geschichte erzählen – und schwuppdiwupp wäre alles in Ordnung?«

»Keine Ahnung«, sagte Emma.

»Vielleicht wäre es ja schon mal gut, irgendeine *neue* Geschichte zu erzählen«, schlug Lina nachdenklich vor. Sie sah Paul an. »Wie lautet denn deine Zukunftsgeschichte? Und sag nicht, dass alles eh sinnlos ist. Das wissen wir ja jetzt.«

»Genau«, sagte Anton. »Erzähl uns mal, wie wir eine Revolution machen können. Alle Jugendlichen weltweit. Und wie wir es dann besser machen.«

»Ganz einfach«, sagte Paul. »Alle Jugendlichen hören damit auf, irgendetwas zu tun. Sie hören auf, zur Schule zu gehen. Sie hören auf, ihren Eltern zu gehorchen. Sie machen einfach gar nicht mehr, was die Erwachsenen ihnen sagen.«

»Cool«, sagte Jan. »Anarchie! Und dann?«

»Was dann?«, fragte Paul.

»Na, was machen wir dann?«, fragte Jan.

Paul zuckte mit den Schultern und sagte: »Wir warten, bis die Erwachsenen alle alt werden und sterben, und übernehmen die Macht.«

Alle sahen ihn baff an. Alle außer Lina. »So ein Quatsch!«, sagte sie. »Wenn die Erwachsenen alle alt sind und sterben, sind wir doch längst selbst erwachsen. Und du sagst ja, Erwachsenen kann man nicht trauen.«

»Stimmt«, sagte Anton und runzelte die Stirn. »Wir können uns später selbst nicht trauen. Das ist irre.«

Paul grinste. Er hatte es ihnen ja von Anfang an gesagt. Es hatte alles keinen Sinn.

»Dann ist es vielleicht das Beste, wenn wir erst gar nicht erwachsen werden«, sagte Emma.

Jetzt blickten alle Emma erstaunt an – sie hatte also doch nicht nur Mode und Shoppen im Kopf. Sie machte sich richtig Gedanken. Aber leider half ihnen dieser Gedanke auch nicht viel weiter: Man wurde ja erwachsen, ob man es nun wollte oder nicht. Und irgendwie war das ein unheimlicher Vorgang. Was geschah mit einem, wenn man erwachsen wurde? Vergaß man alles, was man früher gedacht hatte? Jeder Erwachsene war doch irgendwann einmal ein Kind gewesen, das stand fest. Aber bei den meisten konnte man sich das gar nicht vorstellen. Die meisten Erwachsenen schienen immer so gewesen zu sein, wie sie jetzt waren. Das war wirklich sehr seltsam.

»Ob erwachsen oder nicht«, sagte Lina zu Paul, »deine Lösung ist also, überhaupt nichts zu tun. Als ob wir einfach gar nicht hier wären.«

»Ich habe ja nicht darum gebeten«, sagte Paul.

»Worum?«, fragte Lina.

»Hier zu sein«, sagte Paul.

»Was meinst du damit?«, fragte Anton.

Paul verzog das Gesicht. Also bitte, dachte er, wenn sie es unbedingt hören wollten. »Ich habe nicht darum gebeten, auf die Welt zu kommen«, sagte er. »Ich meine, was hat das überhaupt für einen Sinn, Kinder in eine so kaputte Welt zu setzen?«

Die anderen hielten für eine Sekunde die Luft an; wenn Paul ihnen in den Magen geboxt hätte, hätte das dieselbe Wirkung gehabt.

»Aber dann würde es uns ja alle nicht geben«, sagte Anton. »Dich auch nicht, Paul. Und wir säßen nicht hier und würden uns nicht unterhalten. Und …« Er brach ab. Ihm wurde ganz seltsam zumute bei dem Gedanken.

Auch Paul machte ein leicht erschrockenes Gesicht. »Ich will ja nur sagen, dass sich die Erwachsenen echt mehr Gedanken hätten machen können«, sagte er leise. »Über alles.«

Und dann musste er daran denken, was Emma gerade über das Erwachsenwerden gesagt hatte. Und daran, dass es unmöglich war, *nicht* erwachsen zu werden (außer vielleicht in diesen komischen Fantasy-Geschichten). Und er dachte daran, dass er eines Tages auch erwachsen sein würde. Und einen Job haben würde. Und Geld verdienen würde. Irgendwie konnte er sich das überhaupt nicht vorstellen, aber eines Tages könnte es wirklich so sein. Und dann? Was machte er dann?

»Also«, sagte Lina zu Paul und verschränkte die Arme. »Ich bin echt gespannt, was du am Freitag Riesel und der Klasse sagen willst.«

Paul machte »Pfff«, wie immer, wenn er eine Bemerkung blöd fand oder seinen Widerwillen kundtun wollte. Aber so richtig überzeugt klang sein »Pfff« in diesem Augenblick nicht. Tatsächlich klang es etwas kläglich.

Ja, es schien, als wäre Pauls »Pfff« ein wenig die Luft ausgegangen.

MARIES IRRSINN

Die ganze Zeit über hatte Marie kein Wort gesagt. Und auch jetzt, am Donnerstagmorgen, sah es nicht danach aus, als würde sie etwas sagen wollen – obwohl ihr Irrsinn dran war. Doch das waren die anderen schon gewohnt: Auch im Unterricht sagte Marie praktisch nie etwas, und selbst wenn sie mal etwas sagte (wenn Riesel oder ein anderer Lehrer ihr eine Frage stellte), schien es, als würde sie nichts sagen. Das war ziemlich eigenartig. Aber wie sie ja inzwischen wussten, geschahen hier und da sehr eigenartige Dinge auf dem Planeten Erde – warum sollte man sich deswegen also graue Haare wachsen lassen?

Andererseits: Jetzt lag Maries Karteikarte auf dem Tisch, und irgendwie mussten sie sich ja darüber unterhalten. Also starrten alle Marie an. Und Marie starrte die anderen an. Und keiner sagte etwas. Das dauerte eine Weile, bis es Emma schließlich zu blöd wurde, sich einfach nur anzuschweigen.

Sie pustete sich die Haare aus dem Gesicht und sagte: »Also, ich finde, dass du da ein bisschen übertreibst, Marie. Es verschwindet doch nicht *alles* Schöne. Es gibt doch noch so viel Tolles auf der Welt.«

Jan grinste Emma an. »Genau«, sagte er. »Über Mode quatschen zum Beispiel. Oder sich die Fingernägel lackieren.«

»Hihi«, kicherte Anton.

»Sehr lustig«, gab Emma zurück. »Du musst grad reden, Jan. Was ist denn für dich schön? Ein Fußballplatz?«

»Der ist wenigstens grün«, sagte Jan. »Wann hast du eigentlich zum letzten Mal etwas Grünes gesehen?«

Emma verzog schmollend das Gesicht.

»So kommen wir nicht weiter«, sagte Lina. »Vielleicht sagst du uns einfach, was für dich schön ist, Marie. Damit wir verstehen, was du meinst.«

Wieder sahen alle Marie an. Und Marie sagte nichts. Sondern nahm sich Block und Stift und zeichnete. Sie zeichnete ziemlich schnell, was die anderen ziemlich beeindruckte. Nach wenigen Minuten war das Bild fertig.

Wovon träumt die Katze?

»Hä?«, sagte Anton als Erster. »Was hat das jetzt mit Maries Irrsinn zu tun?«

»Na ja«, sagte Paul, »ein Sonnenuntergang ist doch was Schönes, oder?«

»Aber den bringen wir ja nicht zum Verschwinden«, sagte Jan. »Ich meine, es gibt doch jede Menge Sonnenuntergänge. Jeden Tag gibt es einen.«

»Vielleicht ist nicht der Sonnenuntergang gemeint«, sagte Lina. »Sondern die Katze.«

»Katzen sind süß«, sagte Emma. »Aber sie träumen doch nicht. Das tun nur wir Menschen.«

»Bist du dir da ganz sicher?«, fragte Lina.

Wieder Stille. Dann sagte Jan: »Wenn man darüber nachdenkt, dann machen doch eigentlich wir Menschen das Schöne auf der Welt. Ich meine, ohne uns gäbe es keine Schlösser und keine Städte und keine coolen Autos.«

»Ja«, sagte Anton. »Und keine Kunst und keine Raketen.«

»Ja«, sagte Jan. »Wir sind für das Schöne zuständig. Die Natur ist doch einfach nur da.«

Marie griff zum Stift und zeichnete.

»Nein, Marie«, sagte Jan, als er das Bild sah. »Das hast du falsch verstanden. Die Natur hat uns nichts getan. Wir nutzen sie einfach. Irgendwo müssen wir ja unsere Häuser hinstellen. Und wir brauchen Straßen für unsere Autos. Und Felder, um etwas anzubauen. Und und und.«

»Ja, echt, Marie«, sagte Emma. »Du willst uns nur ein schlechtes Gewissen machen. Wir können doch nicht *jeden* Baum schützen.«

»Und was machen wir, wenn es gar keine Bäume mehr gibt?«, fragte Lina. »Sondern nur noch Straßen und Häuser und Felder?«

»Ach«, sagte Jan. »Es gibt doch noch so viele Bäume. Sogar da, wo wir wohnen, stehen noch welche.«

Es war nicht ganz klar, ob Marie das Gespräch verfolgte. Jedenfalls zeichnete sie wieder – ein sehr großes Bild.

»Wow«, sagte Anton, als das Bild fertig war. »Und was ist jetzt damit gemeint? Du hättest wenigstens etwas dazu schreiben können, Marie.«

»Ist doch klar, was damit gemeint ist«, sagte Paul. »Dass wir Menschen entscheiden, was mit den Tieren und überhaupt der ganzen Natur geschieht.«

Lina nickte. »Ja. Und wisst ihr was? Ich verstehe einfach nicht, was wir da entscheiden. Die einen Tiere essen wir, die anderen sind unsere Haustiere. Wie kommt das?«

Es geschieht einfach

»Weil es nun mal so ist«, sagte Jan. »Irgendjemand muss ja die Entscheidungen treffen, und das sind eben wir.«

»Also, *ich* habe da nichts entschieden«, sagte Lina. »Mich hat niemand gefragt.«

»Aber es zwingt dich ja auch keiner zu irgendwas, oder?«, sagte Jan. »Dann isst du eben kein Fleisch. Das kann doch jeder für sich entscheiden.«

Sie blickten zu Marie, die wieder eine neue Zeichnung fertig hatte.

Lina nickte. »Du hast recht, Marie«, sagte sie. »Egal ob ich Fleisch esse oder nicht, oder ob ich die Bäume schütze oder nicht, trotzdem werden jeden Tag Millionen von Tieren geschlachtet. Und Millionen von Bäumen gefällt. Es geschieht einfach.«

»Der Mensch ist eben von Natur aus ein Fleischesser«, sagte Anton. »Das haben wir doch gelernt. Und deshalb müssen wir Tiere töten.«

»Man kann auch ohne Fleisch gut leben«, erwiderte Lina. »Und wenn wir schon Tiere töten, brauchen wir wirklich diese riesigen Fabriken, in denen Schweine und Kühe und Hühner nur dafür gezüchtet werden, um möglichst schnell fett und dann geschlachtet zu werden? Das ist doch so furchtbar.«

Paul zuckte mit den Schultern. »Töten ist töten«, sagte er. »Da kannst du vorher noch so nett zu den Tieren sein.«

»Aber es sind lebendige, empfindsame Wesen«, gab Lina empört zurück. »Genau wie wir. Und wusstet ihr, dass Schweine schlauer als Hunde oder Katzen sind? Warum haben wir keine Schweine als Haustiere?«

»Ihh«, rief Emma.

»Also ich weiß nicht«, sagte Jan zu Lina. »Du und Marie, ihr habt so extreme Vorstellungen. Die Welt ist nun mal so, wie sie ist. Und trotzdem gibt es Dinge, die schön sind und Freude machen.«

Marie zeichnete.

TUT
TUT
DRÖÖHN
DRÖÖHN
TUUT
TUUT

Diesmal sahen sie sich ziemlich lange schweigend das Bild an. War das Maries Kommentar zu Jans »Freude«? Oder was wollte sie damit sagen? Wollte sie überhaupt irgendetwas damit sagen? Schließlich war es gut möglich, dass Marie mit ihren Gedanken ganz woanders war und einfach nur zeichnete, worauf sie gerade Lust hatte. Wer konnte das schon wissen? Niemand konnte in ihren Kopf schauen.

Und doch: Was hatte Jan gerade gesagt? *Die Welt ist nun mal so, wie sie ist.* Und Marie hatte dazu etwas gezeichnet. War das die Welt, wie sie nun einmal war? Laut, verwirrend, angsteinflößend? Ja, manchmal war die Welt wirklich so. Und wenn sie genauer darüber nachdachten: Die Welt war sogar ziemlich oft so.

Doch jetzt in diesem Moment kamen sie gar nicht dazu, genauer darüber nachzudenken, denn wieder flitzte Maries Stift über das weiße Papier. Aber es war keine Zeichnung, sie schrieb einfach etwas auf das Blatt und schob es dann in die Mitte des Tisches.

Was können wir tun?

Was können wir tun?

Damit jedenfalls hatte Marie absolut recht: Das war die Frage, die sie beantworten mussten. Wobei sich hinter dieser Frage natürlich eine andere Frage versteckte: Was sollten sie morgen Riesel und der ganzen Klasse sagen? Was hatte ihnen dieses ganze Gerede um den Irrsinn oder die Irrsinne eigentlich an Ideen gebracht?

Nicht allzu viel, wie es schien. Oder anders gesagt: Irgendwie waren sie jetzt verwirrter als vorher. Unzählige Informationen und Meinungen und Fragen schwirrten ihnen im Kopf herum – und zu jeder Information und Meinung und Frage gab es eine gegensätzliche Information und Meinung und Frage. Klar war, dass der Planet, auf dem sie geboren wurden und auf dem sie ihr künftiges Leben verbringen würden, in Schwierigkeiten steckte, weil seine Bewohner es ganz schön übertrieben. Weil sie überall – im Boden, im Wasser, in der Luft – ihre Spuren hinterlassen hatten. Aber wie schlimm war es wirklich? Und was folgte daraus? Was bedeutete das für die Bewohnerinnen und Bewohner des Planeten Erde? Was bedeutete es für die Schülerinnen und Schüler der Klasse 7C? Was bedeutete es für Emma, Paul, Lina, Anton, Jan und Marie?

Das fragten sie sich, während sie auf Maries Zettel starrten.

Nach einer Weile sagte Jan: »Ist doch klar, was wir tun können. Ab jetzt geben wir besser auf die Umwelt acht. Verschwenden kein Wasser beim Zähneputzen. Nehmen Stofftaschen statt Plastiktüten. Drehen nicht immer gleich die Heizung hoch. Und so weiter.«

»Genau«, sagte Anton. »Und sorgen dafür, dass sich die Erde nur um zwei Grad erwärmt und ja nicht mehr.«

Emma nickte und sagte: »Und pflanzen Blumen vor der Schule.«

Paul sagte nichts. Ohne ihn und seinen Streit mit Riesel hätte es diese Gruppe und die ganzen Diskussionen, die sie hatten, gar nicht gegeben. Aber nun machte er den Eindruck, als hätte er die Lust am Herumdiskutieren verloren. War er immer noch der Meinung, dass die Erwachsenen an allem schuld waren? Wenn ja, dann hatte es keinen Sinn, morgen überhaupt irgendetwas zu sagen.

Lina war ebenfalls still. Gegen das, was Emma, Jan und Anton gerade vorgeschlagen hatten, war natürlich nichts einzuwenden. Müll vermeiden, Energie sparen, Blumen pflanzen – genau das tat Lina schon seit Jahren. Und seit Jahren forderte sie andere auf, es ebenfalls zu tun. Aber war es wirklich das, worum es hier ging? Ging es hier nicht um etwas viel Größeres? Um einen viel größeren Irrsinn? Und um eine viel größere Idee? Was hätte ihre Gruppe denn sonst für einen Sinn gehabt?

Und irgendwie dachten in diesem Moment alle sechs etwas Ähnliches. Obwohl sie ziemlich viel gestritten hatten, empfanden sie ihre Gruppe doch als etwas ganz Besonderes. Und das wollten sie auch der Klasse zeigen. Der Klasse und natürlich Riesel …

… der, als hätte er ihre Gedanken gelesen, genau in diesem Moment die Bibliothek betrat und zu ihrem Tisch kam.

»Na, wie läuft es bei euch?«, fragte er und grinste etwas verschmitzt.

Alle sahen ihn an.

»Ganz gut«, sagte Anton.

»Okay«, sagte Lina.

Riesel wandte sich Paul zu. »Ihr habt also schon einige Ideen für morgen gesammelt?«, fragte er.

Wurde Paul etwa ein wenig rot im Gesicht? Jedenfalls senkte er die Augen und murmelte: »Klar.«

»Wunderbar«, sagte Riesel. »Und wie wollt ihr sie uns vorstellen? Jeder einzeln oder alle zusammen?«

Die sechs sahen sich an und dachten: Gute Frage. Darüber hatten sie noch gar nicht gesprochen.

»Äh«, sagte Paul schließlich. »Ich glaube, jeder bringt einfach seine Idee mit und trägt sie vor.« Er blickte in die Runde. »Oder?«

Stille.

Dann sagte Lina: »Ganz genau.«

Und Anton sagte: »Absolut.«

Und Emma sagte: »Sicher.«

Und Jan sagte: »Jo.«

Und Marie nickte.

Und das war das.

»Na dann, ich bin gespannt, was ihr uns mitbringt«, sagte Riesel und zog wieder ab.

Die »Irren« saßen da und sahen ihm nach.

Jetzt kamen sie aus der Sache nicht mehr raus. Jetzt mussten sie sich echt etwas einfallen lassen.

Emma blickte auf ihr Handy. Es war kurz nach elf. Sie hatten noch eine Stunde hier – dann musste sich jeder seine eigene Idee überlegen. Nichts leichter als das, oder? Pfff!

Anders als die Tage zuvor begann der Freitag wieder wie jeder normale Schultag; die 7C versammelte sich am Morgen um kurz nach acht in ihrem Klassenzimmer. Doch dann sagte Riesel, dass sie die Tische nach hinten räumen und die Stühle vorne in einem großen Halbkreis aufstellen sollten. Was sie auch taten. Und dann saß die ganze Klasse da, und es ging los: Immer zwei Schüler aus jeder Arbeitsgruppe standen nacheinander auf, gingen nach vorne und erzählten, was sie die ganze Woche über getan hatten und zu welchen Ergebnissen sie gekommen waren.

Die Gruppe, die den Park neben der Schule »erforscht« hatte, berichtete von Käfern und Vögeln und Tümpeln und davon, wie viel Wasser die Pflanzen im Sommer brauchten und was sie alles zwischen den Büschen entdeckt hatten, zum Beispiel jede Menge Plastik, das sie eingesammelt und zum Recyclingcontainer gebracht hatten.

»Sehr schön«, sagte Riesel, als sie fertig waren.

Die Gruppe »Mehr Bio in der Schulmensa« erzählte von ihren Gesprächen mit dem Schulrektor, der Schulköchin und einem Biobauern und von den Einkaufspreisen für ökologische Lebensmittel und davon, dass sie einen Brief an das Kultusministerium schreiben würden, damit alle Schulen besseres Essen bekamen.

Riesel nickte zufrieden, als sie fertig waren.

Die Energiespargruppe berichtete von ihrem Besuch bei den Stadtwerken und erzählte, dass sie das ganze Schulgebäude einem »Energiecheck« unterzogen hatte, und machte dann eine Reihe von Vorschlägen, wie man die Schule energieeffizienter betreiben und wie jeder Schüler auch zu Hause Energie sparen konnte, was, wie die Vortragenden sagten, gar nicht so schwierig war.

»Vielen Dank«, sagte Riesel, als sie fertig waren.

Dann wandte er sich Paul zu und sagte: »Tja, jetzt seid ihr wohl dran.«

»Hilfe, die Irren!«, rief einer der Schüler laut.

»Das sagt der Richtige«, gab Jan zurück.

»Ruhe«, ermahnte sie Riesel. »Also, was habt ihr die Woche über gemacht?«, fragte er Paul.

Paul räusperte sich. »Ja, äh, wir haben uns unterhalten«, sagte er.

Hier und da war in der Klasse leises Gekicher zu hören.

»Unterhalten?«, sagte Riesel. »Das kann ja manchmal ganz hilfreich sein. Dann lasst mal hören, was dabei herausgekommen ist.« Er verschränkte die Arme, legte den Kopf schief und sagte: »Wer fängt an?«

DIE IDEEN

ANTONS IDEE

Anton fing an. Nicht dass er sich darum gerissen hätte, als Erster seine Idee zu präsentieren, aber immerhin war er dann auch als Erster fertig – denn sie alle sechs waren ziemlich aufgeregt (auch Jan und Paul, das sah Anton ganz genau). Was verständlich war: Man konnte ganz schön ins Schwitzen kommen, wenn man so allein vor der Klasse stand. Und wenn man nicht hundertprozentig davon überzeugt war, dass das, was man sagen wollte, Sinn ergab.

Natürlich hatten sie gestern gemeinsam noch darüber geredet, was sie heute sagen würden, aber so richtig war nichts dabei herausgekommen – und jetzt war eh jeder auf sich allein gestellt. Anton wusste also nicht, was die anderen fünf sagen würden – und die anderen wussten nicht, was er sagen würde. Das konnte ja heiter werden.

Als Anton am Montag über seinen Irrsinn gesprochen hatte, hatte das eigentlich allen aus Pauls Gruppe eingeleuchtet. Aber das machte es überhaupt nicht leichter für ihn, daraus irgendeine Idee zu ziehen. Im Gegenteil: Es machte es viel schwerer. Denn im Grunde leuchtete es ja allen Menschen ein: »Wir haben nur diesen einen Planeten«, »Die Erde ist unser Zuhause« und so weiter – wer konnte dagegen schon was sagen? Und trotzdem gingen die Menschen mit ihrem Zuhause um, als gäbe es irgendwo noch ein zweites.

Warum taten sie das?

Über diese Frage hatte sich Anton gestern den ganzen Nachmittag lang den Kopf zerbrochen. Und er hatte sich im Internet immer wieder die Bilder angesehen, die die Astronauten auf der Internationalen Raumstation von der Erde gemacht hatten: diese wunderschönen Bilder mit Wolken und Meeren und Küsten und Gebirgen. Und darum herum die Schwärze des Weltraums. Jeder Mensch auf der Erde konnte sich diese Bilder ansehen. Jeder konnte sehen, wie schön und zerbrechlich und einzigartig ihr Planet war. Und trotzdem…

Um dieses »Trotzdem« sollte es in seinem Vortrag

gehen, das war ihm klar gewesen. Aus diesem »Trotzdem« hatte er eine Idee gemacht.

Und so stand Anton jetzt also als Erster der Gruppe auf, steckte seinen USB-Stick in den Klassencomputer und klickte auf seine Präsentation. Sekunden später warf der Beamer ein Bild an die Wand.

Ein leises Raunen ging durch die Klasse. Anton kratzte sich nervös an der Nase. Dann sagte er: »Also gut, das hier ist unsere Galaxis, die Milchstraße. Sie ist eine ziemlich durchschnittliche Galaxis, eine von Milliarden Galaxien im Universum. Unsere Sonne ist ebenfalls ziemlich durchschnittlich – sie ist nur einer von rund 200 Milliarden Sternen in der Galaxis und befindet sich eher am Rand der Milchstraße. Und dort …« Er drehte sich zum Bild an der Wand und deutete nach oben. »... wo der Pfeil hinzeigt, ist der Ort, an dem wir leben. Die Erde. Sie ist so klein, dass man sie glatt übersehen könnte.«

Anton warf einen kurzen Blick in die Runde und sah, dass einige der Jungs ein ziemliches Grinsen im Gesicht hatten. Aber er hatte sich fest vorgenommen, sich davon nicht irritieren zu lassen. Wenn sie ihn schon Alien-Anton nannten, dann sollten sie auch Alien-Anton bekommen! Er klickte weiter. Das nächste Bild erschien.

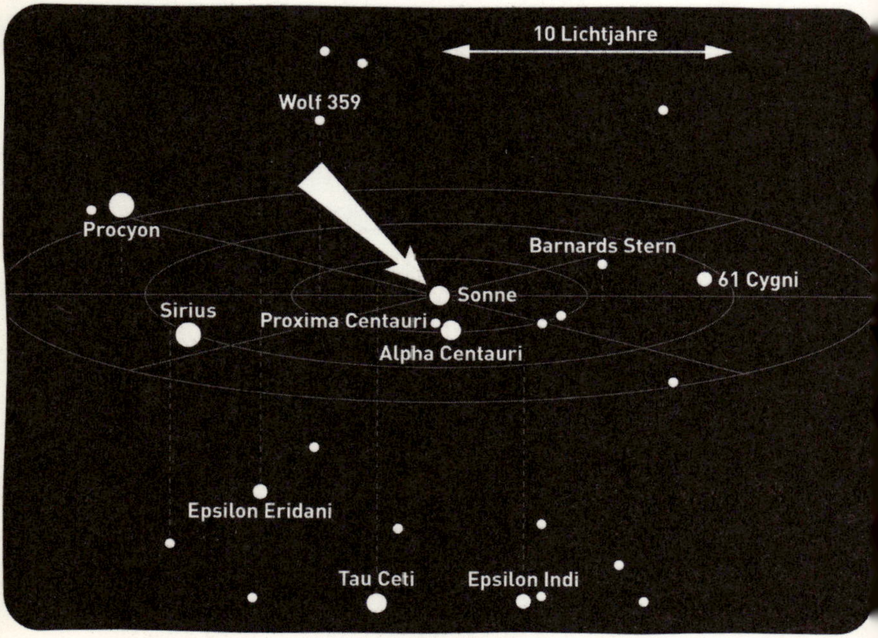

»Und das«, sagte Anton, »ist die nähere Umgebung der Erde. Unser Sonnensystem mit der Sonne in der Mitte. Das uns am Nächsten gelegene Sonnensystem heißt Alpha Centauri. Und selbst das ist so weit weg, dass es Jahrhunderte dauern würde, um dorthin zu fliegen.« Er blickte in die Klasse. »Aber nehmen wir einfach mal an, es gäbe dort oder irgendwo anders in der Galaxis intelligente Wesen, und diese Wesen hätten eine Technik erfunden, um die riesigen Abstände zwischen den Sternen mit ihren Raumschiffen zu überwinden. Und sie kämen uns besuchen ...«

Anton sah, dass jetzt noch mehr Jungs grinsten. Und einer von ihnen rief: »Hilfe! Invasion der Außerirdischen! Wir sind verloren!«

Alle lachten.

»Ruhe«, sagte Riesel. »Lasst Anton weiterreden.«

»Äh, gut«, sagte Anton, als sich die Klasse wieder einigermaßen beruhigt hatte. »Die Außerirdischen kommen uns also besuchen. Und das ist der Planet, den sie vor sich sehen.« Er klickte weiter. »Die Erde. Ein zur Kugel geformtes Stück Stein, das sich in einem Jahr einmal um die Sonne und in vierundzwanzig Stunden einmal um sich selbst dreht.«

»Die Oberfläche der Erde«, fuhr Anton fort, »besteht zum größten Teil aus Wasser. Die Landmasse ist in

Kontinente aufgeteilt, die im äußersten Norden und Süden mit Eis bedeckt sind. Früher einmal, das finden die Außerirdischen durch ihre Forschungen heraus, war fast der ganze Planet mit Eis bedeckt. Aber jetzt befindet er sich in einer Warmzeit. Und in dieser Warmzeit hat sich auf der Erde etwas Erstaunliches getan.« Anton klickte zum nächsten Bild.

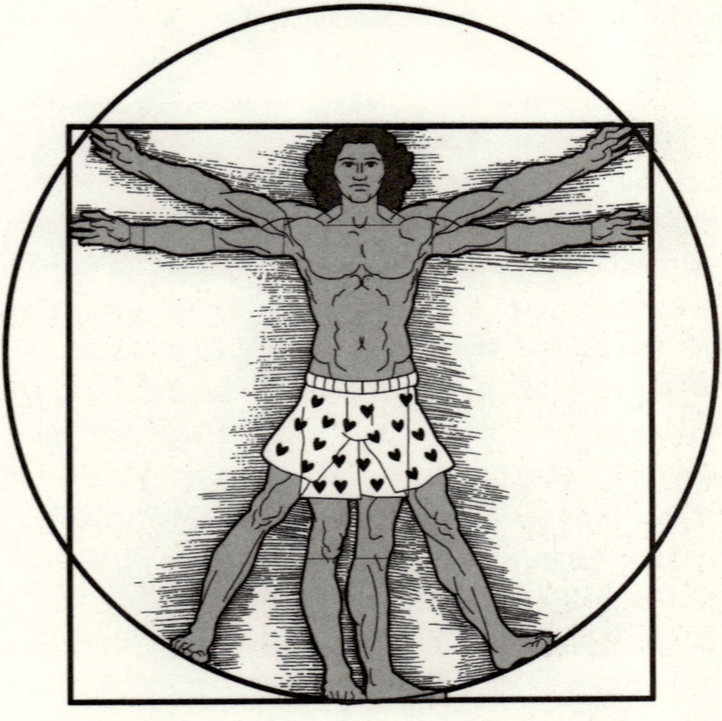

»Eine der zahlreichen Lebensformen auf der Erde hat sich in rasender Geschwindigkeit ausgebreitet. Der Mensch. Er hat jeden Kontinent erobert und hat alles, was ihm dabei im Weg war, beiseitegeräumt. Der Mensch hat tolle Fähigkeiten. Er entnimmt dem Boden Rohstoffe und wandelt sie in Energie um. Er verarbeitet Pflanzen und Tiere und macht daraus die unterschiedlichsten Produkte. Er gründet Staaten und zieht Grenzen zwischen diesen Staaten. Und er errichtet Städte, sehr viele Städte.«

»Das wissen wir doch längst, Anton«, rief jemand.

»Psst«, machte Riesel.

»Und jetzt«, fuhr Anton fort, »also zu dem Zeitpunkt, an dem uns die Außerirdischen besuchen, gibt es praktisch nichts mehr, was der Mensch auf seinem Planeten nicht beeinflusst: das Land, das Meer, ja sogar das Klima. Überall sind die Spuren menschlicher Aktivität zu erkennen. Und überall ist zu erkennen, wie sehr diese Aktivitäten dem Planeten schaden. Die Außerirdischen sehen ausgetrocknete Flüsse und schmelzende Gletscher, abgeholzte Wälder und abgetragene Berge, versmogte Städte und riesige Müllhalden. Und da stellen sie sich eine Frage.«

Anton machte eine kurze Pause, weil er irgendwo mal gelesen hatte, dass kurze Pausen in Vorträgen die Spannung steigerten. Und tatsächlich: Alle sahen ihn erwartungsvoll an.

»Sie fragen sich«, sagte er, »ob sich die Menschen eigentlich darüber im Klaren sind, dass sie auf einem Planeten leben.«

»Hä?«, sagte eine Schülerin. »Was ist denn das für eine Frage? Das weiß doch jeder, dass wir auf einem Planeten leben. Das hast du doch selbst gerade gesagt.«

»Ja, genau«, rief einer der Jungs. »Deine Außerirdischen sind ja wohl ziemlich dämlich.«

Wieder lachten alle, und Anton musste wieder warten, bis es still war. Er hatte natürlich damit gerechnet, dass sie so reagieren würden – *er* war ja schließlich nicht dämlich. Also sagte er: »Das stimmt. Natürlich wissen wir, dass wir auf einem Planeten leben. Die Menschen waren ja auch schon mal im Weltraum und haben Fotos von der Erde gemacht. Aber wissen wir es wirklich? Ich meine, wissen wir wirklich, dass wir auf einer sehr kleinen und begrenzten Welt leben? Wenn ich von einem bestimmten Ort auf der Erde immer weiter geradeaus gehe, komme ich irgendwann wieder an derselben Stelle an. Und wenn ich diesem Planeten etwas entnehme – zum Beispiel ein Stück Kohle oder einen Liter Öl – und in etwas anderes verwandle – in Energie und Abgase –, dann ist es immer noch da, nur in anderer Form. Es verschwindet nicht einfach. *Nichts* verschwindet einfach. Aber den Außerirdischen scheint es, als würden wir Menschen *glauben*, dass die Abgase, die wir in die Luft pusten, oder der Müll, den wir ins Meer werfen, einfach so verschwinden. Und da stellen sie sich noch eine Frage.«

Pause. Wieder gespannte Gesichter.

»Sie fragen sich«, fuhr Anton fort, »ob die Menschheit überhaupt irgendeinen Plan hat, was sie mit ihrem Planeten anfangen will. Wie sie darauf die nächsten hundert oder tausend oder zehntausend Jahre verbringen will, ohne ihn kaputtzumachen. Und sie kommen zu der Antwort: Nein, einen solchen Plan hat sie nicht.«

Eigentlich hatte Anton gedacht, dass jetzt wieder alle lachen würden – die Sache mit dem »Plan« klang ja auch wirklich etwas seltsam. Natürlich hatte die Menschheit keinen Plan, woher sollte der auch kommen? Aber Anton versuchte eben, wie seine außerirdischen Besucher zu denken.

»Der Planet, den die Außerirdischen sehen«, sagte er, »ist ein Planet, auf dem jeder vor sich hin werkelt. Ob es nun gut für den Planeten ist oder nicht – jeder tut, was er nur kann, um seine Lebensumstände zu verbessern. Das ist ja eigentlich nichts Neues, das machen die Menschen seit Jahrtausenden – aber jetzt, nach Jahrtausenden des Herumwerkelns, sind die Folgen unübersehbar: Wir haben die meisten wilden Tiere ausgerottet. Wir haben die Atmosphäre mit unseren Abgasen so aufgeheizt, dass die Temperatur auf der Erde bereits um mindestens ein Grad gestiegen ist. Und wusstet ihr, dass wir jedes Jahr weltweit vierundzwanzig Milliarden Tonnen fruchtbaren Boden verlieren?« Anton atmete tief ein und sagte: »Eigentlich wollten wir das alles nicht, aber es ist trotzdem passiert.«

Das war es also: das »Trotzdem«. Anton sah in die Runde. »Und warum?«, fragte er.

Riesel räusperte sich. »Fragst du dich das? Oder fragen sich das deine Außerirdischen?«, sagte er.

Einige der Schüler kicherten. Anton spürte, wie er leicht rot im Gesicht wurde. Und doch war er Riesel für diese Bemerkung dankbar. Denn genau darum ging es ihm.

Er nickte. »Das frage ich mich. Und das fragen sich auch die Außerirdischen, denn das ist doch die entscheidende Frage, oder nicht? Aber die Außerirdischen finden auch eine Antwort: Die Menschen haben das alles gemacht, nicht weil sie es nicht besser wussten – sondern weil sie es einfach nicht besser wissen *wollten.*«

»Hm«, sagte Riesel. »Aber einiges wussten die Menschen früherer Jahrhunderte doch tatsächlich nicht. Zum Beispiel das mit dem Klimawandel.«

»Aber sie hätten zumindest mal darüber nachdenken können«, sagte Anton. »Die Menschen machen sich immer erst dann Gedanken, wenn etwas gefährdet oder schon kaputt ist. So geht das jetzt seit langer, langer Zeit – aber so kann es nicht weitergehen. Wenn wir den ganzen Planeten kaputtmachen, dann ist ja nichts mehr da, worüber man sich noch groß Gedanken machen könnte.«

»Nun«, sagte Riesel, »ich will dich ja nicht immer wieder unterbrechen, aber ich glaube, die meisten Menschen haben inzwischen begriffen, dass wir so nicht weitermachen können. Da brauchen wir doch keine Außerirdischen, die uns das erklären.«

Anton nickte. »Stimmt. Das habe ich mir auch gedacht. Eigentlich weiß doch jeder, dass wir so nicht weitermachen können. Und wir reden auch ständig darüber, es anders zu machen. Irgendwie besser. Und gleichzeitig rotten wir immer mehr Tiere aus, wird die Erde immer wärmer, und noch mehr Boden geht durch Erosion verloren. Und da habe ich mir gedacht: Ist es vielleicht immer noch so, dass wir vieles einfach nicht wissen wollen?«

»Hm«, machte Riesel wieder.

Anton redete schnell weiter: »Zum Beispiel, wo die Dinge herkommen, die wir konsumieren. Und wo sie hingehen, wenn wir sie konsumiert haben. Wie gesagt, wir leben auf einem Planeten. Alles kommt *irgendwoher*, und alles geht *irgendwohin*. Wisst ihr das? Wisst ihr, wo eure Tablets und Playstations eigentlich herkommen, wenn ihr sie euch kauft? Und wo sie landen, wenn ihr sie wegwerft?« Er zog sein Handy aus der Hosentasche und hielt es hoch. »Weiß ich, wo dieses Ding herkommt? Was da drin ist? Und was damit passiert, wenn ich es nicht mehr brauche?«

»Das kann man doch rausfinden«, warf eine Schülerin ein.

»Ja«, sagte Anton. »Aber machen wir uns die Mühe? Das gilt ja schließlich nicht nur für Handys oder den ganzen anderen Elektrokram. Es gilt für *alles.* Unsere Energie. Unsere Kleidung. Unser Essen. Woher kommt zum Beispiel unser Fleisch?«

»Vom Metzger«, sagte ein Schüler.

»Und woher bekommt es der Metzger?«, fragte Anton.

»Vom Schlachthof«, sagte ein anderer.

»Und wie sieht es da aus?«, fragte Anton. »Was passiert da genau? War schon irgendjemand von euch einmal in einem Schlachthof?«

Stille.

»Ich auch nicht«, sagte Anton. »Und die Fische, die wir essen, die kommen aus dem Meer. Ein Thunfisch wird ja nicht in einer Dose geboren. Und kein Fisch kommt als Fischstäbchen zur Welt, oder?«

Nicken.

»Aber wie sieht es im Meer aus?«, sagte Anton. »Weiß das jemand von euch? Gibt es dort überhaupt noch genug Fische? Und wenn ja, wie lange noch? Ich jedenfalls habe nicht die leiseste Ahnung.«

Wieder Stille. Puh, jetzt war Anton tatsächlich etwas außer Atem. Die Worte waren ihm nur so aus dem Mund gepurzelt.

Er steckte sein Handy zurück in die Tasche, drückte den Rücken durch und sagte mit möglichst fester Stimme: »Und dabei ist es eben nicht die Frage, *was* ich weiß. Man kann sich nämlich über alles informieren – im Internet oder in einer Bibliothek oder wo auch immer. Sondern die Frage ist, was ich wissen *will.* Ob ich wissen will, was wirklich auf dem Planeten geschieht. Und das heißt nicht nur, was in Australien oder im Regenwald geschieht, sondern hier – da, wo wir leben.« Er sah in die Runde. »Wollt ihr wissen, was wirklich geschieht?«

Die anderen blickten Anton etwas verwirrt an. Es war ja auch eine etwas merkwürdige Frage, das musste er zugeben. Irgendwie wollte doch jeder wissen, was geschieht, aber ging das auch so weit, dass man Zeit und Mühe – viel Zeit und Mühe – darauf verwandte herauszufinden, was *wirklich* geschieht? Das war der Punkt gewesen, an dem er gestern selbst nicht recht weitergewusst hatte. Schließlich hatte er auch keine große Lust, sein Leben mit Herumrecherchieren zu verbringen. Sie mussten ja in der Schule schon genug Zeug lernen.

Doch dann war ihm ein Gedanke gekommen, auf den er, um ganz ehrlich zu sein, ein wenig stolz war.

»Das ist eigentlich überhaupt nicht schwer«, sagte er. »Herauszufinden, was wirklich geschieht. Wir müssen einfach nur zu Außerirdischen werden.«

Jetzt entlud sich die Spannung wieder in Gelächter.

»Du bist also echt ein Alien, Anton«, meinte ein Mädchen.

»Ja«, sagte Anton. »Ab sofort bin ich einmal im Monat ein Alien. Und wisst ihr was? Das ist verdammt cool! Denn an diesem Tag versuche ich alles, was um uns herum passiert, und alles, was wir den ganzen Tag über tun, so zu betrachten, als wäre ich ein Besucher auf der Erde. Und ich versuche zu verstehen, *warum* das alles eigentlich passiert. Und *warum* wir es tun. Also, einmal im Monat frage ich mich, was ich mich sonst nie frage: Woher das Mehl in meinem Brot kommt. Warum in meiner Straße Leitungen verlegt werden. Was mit dem Kühlschrank passiert, wenn man ihn zum Wertstoffhof bringt. Warum eigentlich umweltschädliche Sachen so billig und umweltfreundliche so teuer sind. Ob in den Produkten, auf denen Bio steht, auch wirklich Bio drin ist. Und so weiter. Wir verwenden jeden Tag tausend Dinge, als wären sie einfach so da und immer schon da gewesen. Und als würden sie einfach wieder verschwinden, wenn wir sie nicht mehr brauchen. Aber als Außerirdischer weiß ich, dass das nicht stimmt. Als Außerirdischer bin ich mir ständig darüber bewusst, dass die Menschen auf einem winzig kleinen Planeten leben.«

»Der Tag der Außerirdischen«, rief jemand.

»Genau«, sagte Anton. »Der Tag der Außerirdischen.« Er ging zum Computer, klickte, und sein letztes Bild erschien an der Wand.

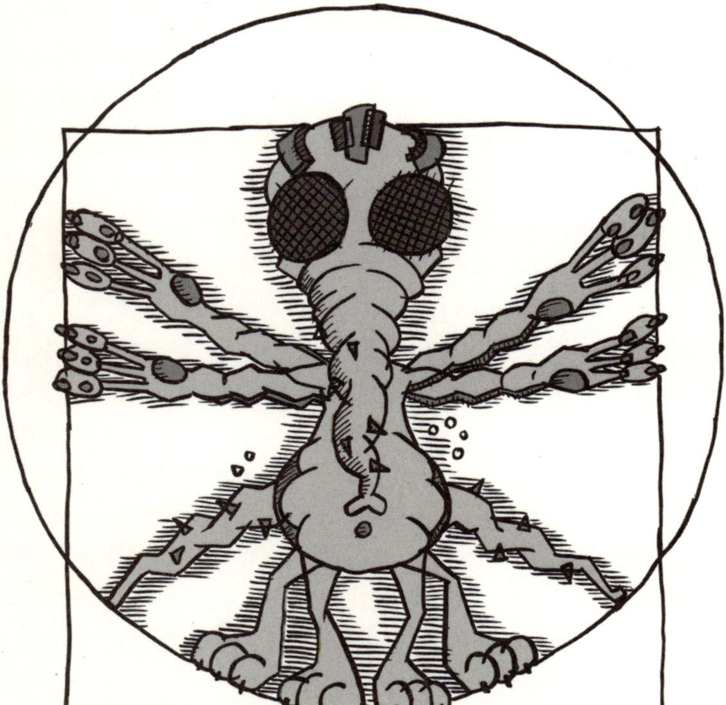

Alle johlten.

»Hm«, machte Riesel, als es wieder einigermaßen still war. Dann fragte er: »Und was fängst du mit den ganzen Informationen an, die du da sammelst?«

»Ach, da fällt mir bestimmt was ein«, erwiderte Anton. »Vielleicht stelle ich Videos davon auf YouTube und nenne sie *Der Tag der Außerirdischen.* Das klingt doch schon mal ziemlich gut. Oder ich tue mich mit anderen zusammen, und wir versuchen gemeinsam herauszufinden, was wirklich geschieht. Oder was auch immer. Wichtig ist nur, dass wir irgendwann einmal damit anfangen, sonst kommen wir nirgendwohin.« Er schloss die Präsentation und zog den USB-Stick aus dem Computer. »Und wisst ihr noch was?«, fragte er dann.

Die komplette 7C blickte ihn mit großen Augen an.

»Das wird ein Riesenspaß«, sagte Anton.

Der Zukunfts-unterricht

LINAS IDEE

Anton hatte die Klasse ziemlich überrascht. Wer hätte gedacht, dass ihn seine Außerirdischen auf solche Ideen bringen würden? Dass Lina die Klasse überraschen würde, glaubte allerdings niemand. Sie alle wussten ja, wie Lina tickte, wenn es um ihre geliebten Umweltthemen ging: dass man weniger Energie verbrauchen, weniger Wasser verschwenden, weniger Müll produzieren, weniger Flugreisen machen sollte. Und so weiter. Überhaupt schien es bei Lina immer darum zu gehen, irgendetwas »weniger« zu machen, auf irgendetwas zu verzichten. Und alle gingen davon aus, dass sie in ihrem Vortrag genau das wieder sagen würde.

Auch Lina hatte gestern Nachmittag noch gedacht, dass sie genau das sagen würde.

Denn nach wie vor war sie davon überzeugt, dass das der einzig sinnvolle Weg war, um den Planeten zu retten. Die Menschen konnten einfach nicht so weitermachen! Sie konnten einfach nicht immer mehr verbrauchen. Und immer mehr verschmutzen. Und immer mehr Schulden anhäufen. Irgendwann einmal musste doch genug sein. Sie konnten das Problem einfach nicht ständig in die Zukunft verschieben. Denn genau so lief es doch (ein »globales Schneeballsystem« hatte ihr Vater das einmal genannt): Seit Langem war bekannt, dass die Menschheit gegen die Regeln der Natur spielte. Aber das konnte den Menschen der Gegenwart egal sein – für sie war ja noch was da. Den Menschen in der Zukunft konnte das allerdings überhaupt nicht egal sein – sie würden es nämlich ausbaden müssen. So wie die Kinder von heute schon jetzt das ausbaden mussten, was frühere Generationen falsch gemacht hatten – der Klimawandel war ja dafür ein perfektes Beispiel.

Und das war ziemlich unfair, fand Lina. Denn die Menschen in der Zukunft konnte man nicht nach ihrer Meinung fragen; es gab sie ja noch gar nicht. Wenn man sie aber nicht nach ihrer Meinung fragen konnte, sollte man besser alles tun, um ihnen das Leben leichter zu machen. Und das bedeutete eben, bestimmte Dinge *weniger* zu tun. Oder überhaupt nicht mehr zu tun. Das war doch klar, oder?

Also hatte Lina gestern Abend eine Liste mit lauter Beispielen erstellt, die sie der Klasse vorschlagen wollte, weniger oder gar nicht mehr zu tun. Und sie hatte sich überlegt, was sie sagen würde, wenn die anderen sie wie üblich als »Gutmensch« und »Besserwisserin« bezeichneten. Doch dann …

Dann hatte sie die Liste zerknüllt und in den Papierkorb geworfen.

Und sie hatte sich gedacht: Warum muss ich eigentlich immer wieder dasselbe sagen? Ich kann es ja selbst schon nicht mehr hören. Und überhaupt: Warum sollen die, die mir bisher nicht geglaubt haben, es jetzt plötzlich tun? Nein, sie hatte echt keine Lust darauf, die Diskussionen, die sie in Pauls Gruppe geführt hatte, noch einmal mit der ganzen Klasse zu führen. Sollten doch alle selbst lernen, mal darüber nachzudenken! Immerhin waren sie ja in einer Schule.

Genau, war ihr dann plötzlich durch den Kopf geschossen, das ist es: eine Schule …

Als Anton mit seinem Vortrag fertig war, stand Lina auf, ging nach vorne und drehte sich zur Klasse um. Aber sie machte nicht das leicht verkniffene Gesicht, das man sonst von ihr gewohnt war, wenn es um Öko-Themen ging. Nein, sie lächelte breit. Und sie sagte:

»Hallo. Ich freue mich, dass ich heute hier sein darf. Ich bin die neue Lehrerin.«

Ein Kichern ging durch die Klasse. Logisch: Lina hielt sich ja sowieso immer für eine Lehrerin! Auch Riesel zog amüsiert die Mundwinkel nach oben. Noch immer glaubte jeder in der Klasse zu wissen, was jetzt kommen würde: das übliche Öko-Gerede.

»Ja«, fuhr Lina fort, »die Schulbehörde hat mich hierhergeschickt, um mit euch Unterricht zu machen. Aber keinen Unterricht, wie ihr ihn sonst macht – das wäre ja auch langweilig. Also kein Mathe, kein Deutsch, kein Geschichte. Heute nehmen wir mal ein ganz anderes Thema durch. Ein Thema, über das man ständig redet, aber nicht an der Schule. Was ich ziemlich seltsam finde.«

Sie nahm sich ein Stück Kreide und schrieb zwei Worte an die Tafel:

Die Zukunft

Dann sagte sie: »Heute machen wir Zukunftsunterricht.«

Die anderen sahen sie leicht verwirrt an.

»Zukunftsunterricht?«, murmelte ein Schüler. »Was soll denn das sein?«

»Das ist ein Unterricht«, sagte Lina, »in dem wir uns mit der Welt befassen, in der wir einmal leben werden. Und mit der Welt, in der unsere Kinder einmal leben werden. Und mit der Welt, in der die Kinder unserer Kinder einmal leben werden. Und so weiter.«

»Aber die sind doch noch gar nicht geboren«, sagte ein anderer Schüler.

»Stimmt«, nickte Lina.

»Dann können wir ja auch nichts über sie lernen, oder?«, fragte ein Mädchen.

»Sehr gute Frage«, sagte Lina. »Vielleicht sollten wir also erst mal klären, was das eigentlich ist: die Zukunft.« Sie blickte in die Runde.

»Ich weiß, was die Zukunft ist«, rief jemand. »Das nächste iPhone.« Alle lachten.

»Die Zukunft ist, was ich heute nach der Schule mache«, sagte darauf ein anderer.

Und ein Dritter: »Die Zukunft ist das, was noch nicht geschehen ist.«

»Genau«, sagte Lina. »Die Zukunft ist noch nicht geschehen. Im Gegensatz zur Vergangenheit, die bereits geschehen ist. Und über die Vergangenheit wissen wir ja jede Menge, oder?«

Das stimmte: Über die Vergangenheit wussten sie so einiges, jedenfalls die, die in Geschichte aufgepasst hatten. Wann welcher König gekrönt und welcher Diktator gestürzt, wann welche Schlacht geschlagen und welcher Frieden geschlossen worden war. Die Vergangenheit stand in Schulbüchern oder auf Wikipedia. Die Vergangenheit war kein Problem für die Schüler der Klasse 7C.

»Die Sache ist nur«, sagte Lina, »die Vergangenheit ist vergangen. Aber die Zukunft steht uns noch bevor. Da wäre es doch sinnvoll, etwas darüber zu lernen – immerhin müssen wir ja in ihr leben.«

»Ich dachte, wir leben in der Gegenwart«, rief jemand nach vorne.

»Natürlich«, erwiderte Lina. »Wir leben immer in der Gegenwart. *Und* in der Zukunft.«

Jetzt war die Klasse still. Lina blickte in einige ratlose Gesichter. Also ging sie zur Tafel und malte um »Die Zukunft« einen Kreis.

»Das hier ist die Zukunft«, sagte sie. »Von heute aus gesehen. Also alles, was noch nicht geschehen ist, aber vielleicht eines Tages geschehen wird – seien es fliegende Autos oder die Reise zum Mars oder was auch immer. Jedenfalls können wir noch beeinflussen, ob es wirklich geschieht. Und das hier …« Sie malte einen weiteren Kreis links daneben und schrieb »Die Vergangenheit« in die Mitte. »… ist alles, was bereits geschehen ist, was man nicht mehr verändern kann. Und da, an diesem kleinen Punkt, berühren sich Zukunft und Vergangenheit.« Sie setzte ein X zwischen die Kreise und sagte: »Das ist die Gegenwart.«

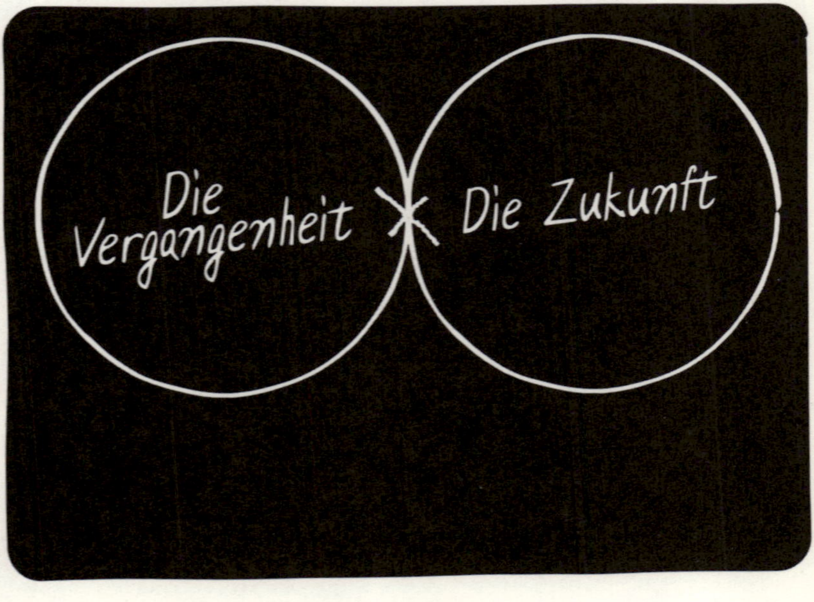

»Und was willst du damit sagen?«, fragte ein Schüler. »Irgendwelche Kreise kann ja jeder zeichnen.«

»Ich will euch zeigen, dass wir nicht nur in der Gegenwart leben«, sagte Lina. Sie ging wieder zur Tafel und zog unter die Kreise einen langen Pfeil, an dessen Spitze sie »Zeit« schrieb.

»Wir alle bewegen uns durch die Zeit«, sagte sie dann. »Was gestern Zukunft war, ist heute Gegenwart und morgen Vergangenheit. Wir leben also in der Zukunft einer früheren Gegenwart.« Sie blickte in die Runde.

»Und wir leben in der Vergangenheit einer späteren Zukunft. Klar, oder?«

»Ich glaube, Lina«, sagte Riesel leicht mürrisch, »das haben wir jetzt verstanden.«

»Ich hab nix verstanden«, murmelte jemand.

Aber Riesel hatte es offenbar nicht gehört. »Vielleicht«, fuhr er zu Lina gewandt fort, »sagst du uns, was deine philosophischen Erkenntnisse mit dem Thema der Projektwoche zu tun haben.«

»Ja, klar«, sagte Lina schnell und dachte: Wow, hat Riesel gerade »philosophische Erkenntnisse« gesagt? »Also, was ich sagen will, ist: Die Vergangenheit ist in Wahrheit noch gar nicht vergangen. Wir fahren auf den Straßen, die die Menschen der Vergangenheit gebaut haben. Wir zahlen die Schulden, die sie gemacht haben. Und wir schlagen uns mit dem Müll herum, den sie produziert haben. Wir leben also in *ihrer* Zukunft. Und für die, die nach uns kommen, machen *wir* gerade die Zukunft: Die Abgase, die wir heute in die Luft pusten, werden in hundert Jahren immer noch da sein. Das Plastik, das wir heute ins Meer werfen, wird in tausend Jahren immer noch da sein. Die Menschen der Zukunft werden also in einer Welt leben, für die wir verantwortlich sind.«

»Und? Was kümmert's mich, was in hundert oder in tausend Jahren ist?«, sagte ein Schüler. »Da sind wir doch längst nicht mehr da.«

»Wer weiß?«, erwiderte Lina. »Vielleicht werden wir ja alle über hundert Jahre alt. Und auch wenn nicht: Unsere Kinder kümmert es eine ganze Menge, was in hundert Jahren ist. Und genau das ist der Grund, warum wir unbedingt einen Zukunftsunterricht brauchen.«

Riesel verschränkte die Arme. »Und was soll da konkret unterrichtet werden, Lina? Du weißt doch, dass man die Zukunft nicht vorhersagen kann. Ich dachte, Anton wäre hier der Science-Fiction-Fan.«

Lina sah Riesel an, und für einen Moment schien es, als hätte es ihr die Sprache verschlagen. Als hätte sie sich gar keine Gedanken darüber gemacht, was in ihrem Fach »Zukunft« unterrichtet werden sollte, sondern einfach nur die Idee herausposaunt. Doch dann nickte sie und sagte: »Ja, ich weiß, dass man die Zukunft nicht vorhersagen kann. Trotzdem kann man viel über die Zukunft lernen. Denn was ich gerade gesagt habe, gilt ja für jeden von uns. Wir alle leben gleichzeitig in Vergangenheit, Gegenwart und Zukunft. Schaut.«

Sie wandte sich wieder der Tafel zu und malte, so wie sie es gestern ihrem Vater auf einem Blatt Papier gezeigt hatte, fünf senkrechte Linien nebeneinander.

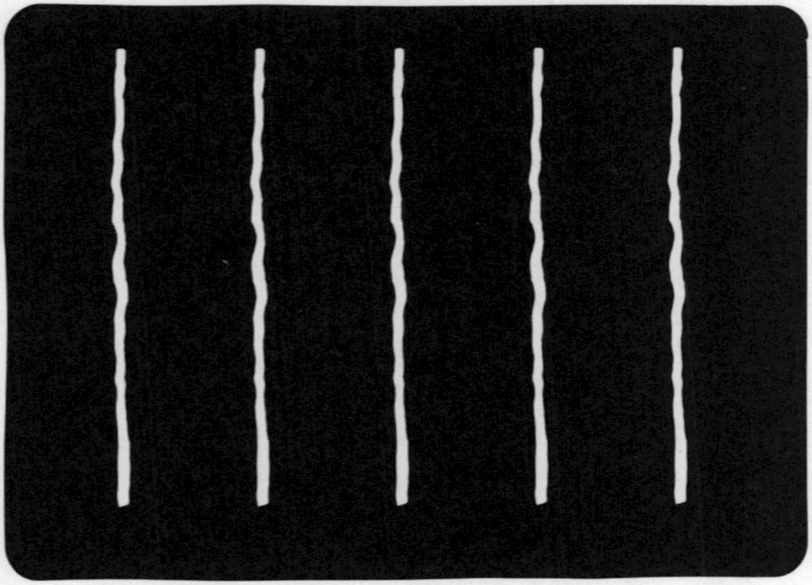

»Die ersten beiden Striche liegen in der Vergangenheit«, sagte Lina. »Der in der Mitte ist die Gegenwart. Und die beiden rechten sind die Zukunft. Könnt ihr euch das einigermaßen vorstellen?«

Einige nickten, die anderen sahen Lina aufmerksam an.

»Und das sind wir«, sagte sie dann und zeichnete eine lang gezogene Schleife, deren Mitte genau auf dem Gegenwartsstrich lag.

»Wer wir?«, fragte jemand.

»Na, wir Menschen«, sagte Lina. »Du, ich, alle Menschen. Jeder lebt in der Gegenwart. Aber jeder lebt auch in der Vergangenheit und in der Zukunft. In der Vergangenheit haben wir Erfahrungen gemacht, und wir haben Pläne für die Zukunft. Niemand lebt *nur* in der Gegenwart. Klar?«

Das schien allen klar zu sein. Also zeichnete Lina eine weitere Schleife an die Tafel, aber diesmal lag die Mitte nicht in der Gegenwart, sondern einen Strich links davon – in der Vergangenheit.

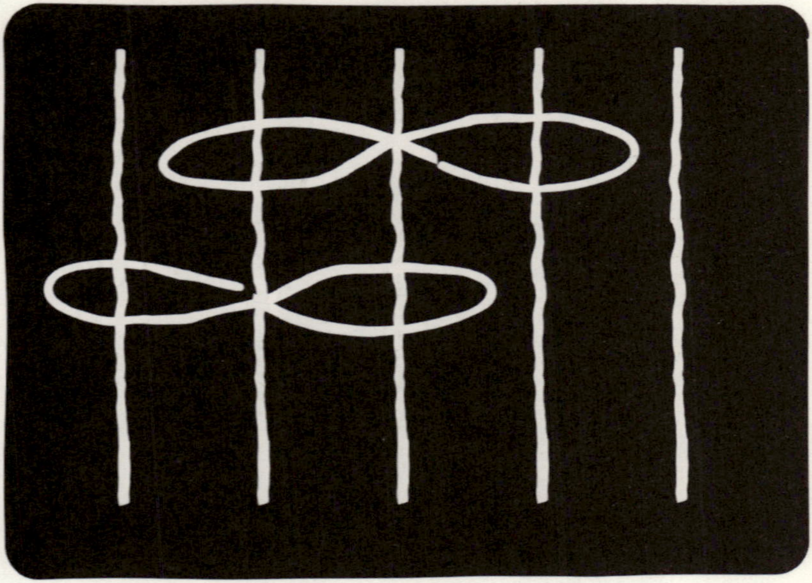

»Das hier ist ein Mensch«, sagte sie, »der vor uns geboren wurde. Vielleicht unsere Oma oder unser Opa. Jedenfalls jemand, den wir noch kennengelernt haben. Denn wie ihr seht, liegen die Schleifen übereinander. Es ist ja nicht so, dass eine Generation von Menschen einfach verschwindet, wenn die andere kommt. Viele Generationen leben gleichzeitig auf der Erde.« Lina malte noch eine Schleife, jetzt rechts vom Gegenwartsstrich. »Und das hier ist jemand, der nach uns geboren wird und den wir vielleicht irgendwann kennenlernen werden.«

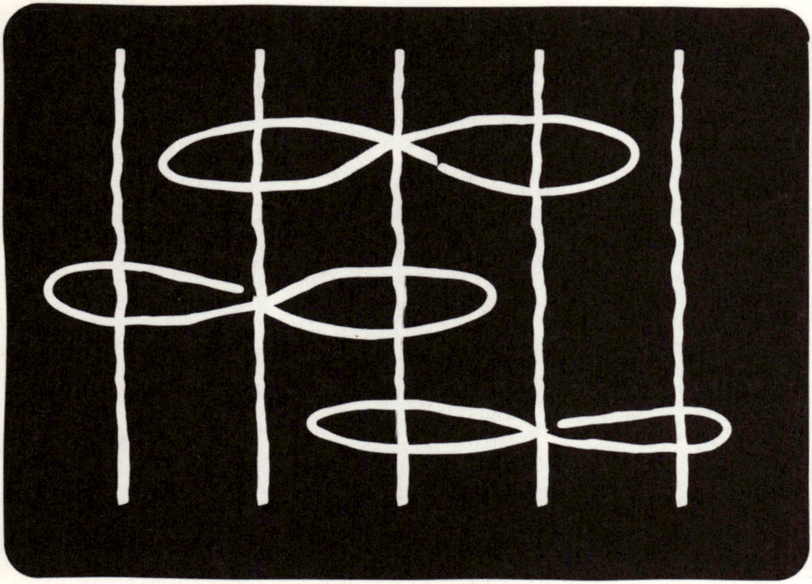

»Cool, wir sind alle seltsame Schleifen!«, rief einer der Schüler. Die ganze Klasse lachte.

Nur Riesel runzelte die Stirn. »Warum denn Schleifen, Lina?«, fragte er.

»Äh«, sagte Lina. »Weil wir eben mit den Menschen in der Vergangenheit und in der Zukunft verbunden sind. Denkt doch mal an euren Opa oder euren Uropa. Wenn wir sie auf alten Fotos sehen, dann können wir uns gar nicht vorstellen, wie sie damals gelebt haben. Zumindest mir geht das so. Das alles scheint ewig her zu sein. Aber es ist gar nicht so lange her. Der Opa meines Opas hat in einer Zeit gelebt, da gab es noch

Pferdekutschen auf den Straßen. Und fast niemand hatte ein Telefon. Aber mein Opa hat ihn gekannt. Und ich habe meinen Opa gekannt. Schon komisch, wie wir mit einer Zeit verbunden sind, die wir uns gar nicht mehr vorstellen können.«

Puh. Es schien, als schwirrte der ganzen Klasse der Kopf. Auch Lina musste aufpassen, dass sie sich nicht in ihren Schleifen verhedderte.

Also sagte sie entschlossen: »Das soll im Fach ›Zukunft‹ unterrichtet werden: dass wir lernen, die Zukunft nicht als etwas zu betrachten, was sich einfach so ereignet. Sondern dass wir es sind, die sie machen. Immer wieder neu. Und wenn das, was wir jetzt tun, die Gegenwart späterer Menschen beeinflusst, dann sollten wir gut darüber nachdenken. Denn es kann sein, dass wir diesen Menschen noch begegnen werden.«

»Aber wir haben doch auch viel Gutes von der Vergangenheit übernommen«, sagte ein Schüler nachdenklich. »Nicht nur Abgase und Schulden, oder?«

»Das stimmt«, sagte Lina. »Wisst ihr, das ist mir gestern klar geworden, als ich über meine Idee nachgedacht habe. Es geht nicht immer um ›gut‹ oder ›böse‹, wenn man über die Umwelt nachdenkt. Und es geht auch nicht darum, jemandem ein schlechtes Gewissen zu machen. Es geht ganz einfach darum, dass wir alle mit der Zukunft verbunden sind – ob wir wollen oder nicht. Und dass wir die Zukunft nicht so festlegen dürfen, dass die nach uns gar nicht mehr in ihrer eigenen Gegenwart leben können, sondern in unserer leben müssen. Denn ist es nicht so, dass genau das gerade geschieht? Wir legen ihre Zukunft fest, indem wir die Umwelt zerstören. Und das wird keine sonderlich schöne Zukunft, das wissen wir alle. Wäre es also nicht viel besser, wenn wir ihnen eine *echte* Zukunft ermöglichen, also eine Zukunft, die sie selbst gestalten können? Und wäre es nicht toll, wenn sie nur gute Sachen von uns übernehmen würden anstatt das Plastik und das CO_2? Ich fände es jedenfalls toll, wenn ich mal meinen Enkeln sagen könnte, dass wir nicht nur an uns gedacht haben. Nicht nur an die Gegenwart.« Lina legte die Kreide weg. »Darum soll es im Zukunftsunterricht gehen – eine Zukunft zu ermöglichen.«

Riesel schüttelte zweifelnd den Kopf und sagte: »Also, ich weiß nicht, Lina. Es gibt doch schon so viele Unterrichtsfächer. Wollt ihr wirklich noch eines mehr?«

Er sah seine Klasse an.

Keiner sagte etwas.

Immerhin sagen sie nicht Nein, dachte Lina. Ja, eigentlich sahen die meisten sogar ziemlich interessiert aus.

»Und das ist auch generell sehr kompliziert«, fuhr

Riesel fort, »ein neues Fach in die Lehrpläne aufzunehmen. Da muss das Kultusministerium darüber entscheiden. Und das kann ich mir nur schwer vorstellen.«

»Tja«, sagte Lina. »Manchmal muss man sich die Zukunft eben vorstellen können. Sonst wird es nichts damit.«

JANS IDEE

Mann, Mann, Mann, dachte Jan, während Lina ihre Idee mit dem Zukunftsunterricht präsentierte. Und er dachte: Was mache ich hier eigentlich?

Das hatte er sich allerdings gestern auch schon gedacht. Und vorgestern. Ja, die ganze komische Irrsinns-Woche über, die ihnen Paul eingebrockt hatte. Er hatte sich die ganze Zeit über gefühlt, als würde er mit lauter Mädchen Fußball spielen – für Jan eine ziemlich furchtbare Vorstellung. Jedenfalls hatte er sich bei den »Irren« völlig fehl am Platz gefühlt. Natürlich musste er zugeben, dass das mit der Umwelt schon irgendwie schlimm war, und nach dieser Woche war auch er der Meinung, dass man irgendetwas tun musste. Was immer man halt tun konnte. Aber sich so engagiert wie Lina in das alles reinzuknien? Nö. Nicht mit ihm! Es musste doch auch eine Möglichkeit für Menschen wie ihn geben, das Richtige zu tun, ohne gleich das ganze Leben umzukrempeln. Denn darauf hatte er echt keinen Bock.

Und genau das werde ich in meinem Vortrag sagen, hatte er sich gestern Nachmittag gedacht. Man muss nicht immer gleich radikal sein, wenn man Umweltbewusstsein zeigen will, man kann es auch etwas langsamer angehen lassen. Müll trennen war schon okay. Wasser sparen auch. Aber auf die neue Playstation verzichten, nur weil irgendwelche Ökos gegen den Konsumterror protestieren – das geht zu weit. Wo bleibt denn da noch der Spaß? Ja, das werde ich morgen der Klasse sagen, hatte er gestern gedacht. Und Lina und Paul, diesen Miesmachern, mal ordentlich die Meinung geigen.

Doch dann war ihm wieder eingefallen, was ihm durch den Kopf gegangen war, als sie über seinen Irrsinn gesprochen hatten: dass die ganze Sache doch wirklich etwas seltsam war. Alle redeten über die Umwelt und darüber, wie wichtig es war, sie zu schützen – die Politiker, die Eltern, die Lehrer, wirklich alle –, und dennoch wurde es nicht besser, sondern im Gegenteil: Es wurde *schlechter*. Linas Grafiken, das musste er zugeben, waren ja gar nicht anders zu verstehen: Die Menschen schlugen auf ihren Planeten ein, als wäre er ein Boxsack. Und wenn sie das noch länger so machten, dann war bald nicht mehr viel da, auf das sie einschlagen konnten. Und dann würden alle sagen: Also, das haben wir nicht gewollt, tut uns echt leid. Aber dann würde es zu spät sein.

Wirklich seltsam, hatte er gedacht. Was stimmt mit uns eigentlich nicht?

Und dann hatte er auf seinem Computer eine Runde *Worldcup* gespielt – das machte er immer, wenn ihn irgendetwas nervte oder er nicht weiterkam. Doch während er so vor sich hin gedaddelt und dem gegnerischen Team ein Tor nach dem anderen reingehauen hatte, hatte er diese Frage einfach nicht aus dem Kopf bekommen: Was stimmt mit uns Menschen nicht? Und wie er sie so im Kopf gedreht und gewendet hatte, hatte sie sich verändert und war zu einer anderen Frage geworden:

Was stimmt mit *mir* eigentlich nicht?

Das ist echt unfair, hatte er sich gedacht. Immer *ich.* Aber irgendwie kam er daran nun mal nicht vorbei: Auch er war ein Mensch. Er konnte sich nicht einfach selbst aus dem Spiel nehmen und den übrigen Menschen bei ihrem Umwelt-Irrsinn zusehen. Das jedenfalls hatte er in dieser Woche kapiert, auch wenn er es den anderen gegenüber nicht zugegeben hatte: Selbst wenn er sich fehl am Platz fühlte, war er ein

Teil des Spiels. Und noch etwas hatte er kapiert: Nur wenn man sich über etwas wirklich Gedanken gemacht hatte, sollte man auch was dazu sagen.

Also hatte er die Spielkonsole ausgeschaltet und sich Gedanken darüber gemacht, was er am nächsten Tag vor der Klasse sagen würde.

Und irgendwie war die Sache dabei etwas außer Kontrolle geraten.

Und jetzt, als Lina ihren Vortrag beendete, dachte er sich erst recht: Was mache ich hier? Linas Idee mit dem Zukunftsunterricht hatte die Klasse ziemlich beeindruckt – und ihn offen gestanden auch. Und nun war er dran. Fußball-Jan …

Er stand auf und ging nach vorne. Riesel lehnte sich an die Wand und verschränkte die Arme.

»Ja, äh«, begann Jan. Ausgerechnet jetzt fühlte sich sein Mund an wie ein ausgetrockneter Rasen. »Also, äh, ihr wisst ja«, fuhr er fort, »dass ich gerne Fußball spiele und …«

»Jan vor, noch ein Tor!«, rief plötzlich einer der Schüler. Die Jungs lachten.

»Ruhe bitte«, sagte Riesel. »Hört zu!«

»Ja, hm«, sagte Jan. »Also, wenn man Fußball spielt, dann dreht sich vieles darum, gegen wen man spielt. Natürlich muss man selbst immer so gut wie möglich spielen, aber wenn man nicht weiß, was der Gegner so drauf hat, wo seine Stärken und wo seine Schwächen liegen, dann kann man das Spiel nicht gewinnen. Klingt logisch, oder?«

Er sah die anderen an. Hier und da ein Nicken.

»Und so habe ich eigentlich immer auch die Sache mit der Umwelt gesehen«, fuhr Jan fort. »Dass wir uns gut überlegen müssen, mit wem oder was wir es zu tun haben, und dann die richtigen Schlüsse daraus ziehen. Ich meine, das tun die Menschen doch schon seit Jahrtausenden. Wir lösen ein Problem nach dem anderen, sodass unser Leben immer etwas besser wird. Aber irgendwie …« Er räusperte sich. »… irgendwie scheint das bei der Umwelt nicht zu funktionieren. Irgendwie kriegen wir das Problem nicht richtig in den Griff. Und das nervt ganz schön.«

Gekicher.

»Psst«, machte Riesel.

»Und so habe ich mich gefragt«, sagte Jan, »welche Art von Spiel man eigentlich *nie* gewinnen kann. Welchen Gegner kann man nie wirklich besiegen? Was meint ihr?«

Wieder blickte er in die Klasse. Keiner sagte etwas.

Also beantwortete Jan seine eigene Frage: »Sich selbst. Sich selbst kann man nie so richtig besiegen. Wenn man gegen sich selbst spielt, dann gewinnt und verliert man ja immer gleichzeitig. Oder?«

Wieder sagte keiner etwas, dafür sahen alle ziemlich verblüfft aus. Ha, dachte Jan, endlich habe ich auch mal etwas Beeindruckendes gesagt!

»Und genauso ist es hier auch«, sagte er mit jetzt etwas festerer Stimme. »Wir spielen nicht gegen die Umweltzerstörung, als wäre sie eine gegnerische Mannschaft. Wir spielen gegen uns selbst. Wir tun etwas, und gleichzeitig tun wir das Gegenteil. Wir wollen etwas, und gleichzeitig wollen wir das Gegenteil.«

»Du vielleicht«, rief einer der Schüler. »Ich nicht.«

Lachen. Riesel machte erneut »Psst«.

Jan nutzte die Gelegenheit und zog das Stück Papier aus der Hosentasche, das er für seinen Vortrag vorbereitet hatte. Er hatte noch nie so etwas geschrieben wie das, und irgendwie war es ihm gestern völlig irre vorgekommen, aber »irre« war ja sowieso das Motto der Woche. Und jetzt war es auch egal – jetzt würde er die Sache durchziehen.

Er faltete das Papier auseinander.

»Ist das die Mannschaftsaufstellung?«, rief ein anderer Schüler. »Die Müll-Müllers gegen Greenpeace?«

Bevor die Klasse wieder in Gelächter ausbrechen konnte, sagte Jan schnell: »Nein. Ihr habt ja alle sowieso keine Ahnung vom Fußball. Aber was ich vorhin gesagt habe, betrifft nicht nur die Menschheit als Ganzes, sondern auch jeden einzelnen Menschen. Ich spiele gegen mich selbst. Und ihr auch. Wir alle. Und das habe ich mal zu beschreiben versucht. Wie in einer Art Theaterstück. Nur dass die Rollen nicht mit verschiedenen Leuten besetzt sind. Sondern alle Rollen sind mit mir besetzt.«

»Hä, wie soll das denn gehen?«, fragte eine Schülerin.

»Das geht so«, sagte Jan. Und dann las er laut vor, was er gestern aufgeschrieben hatte:

Abends, im Wohnzimmer. Jan sitzt vor dem Fernseher und schaut eine Reportage über die drohende globale Öko-Katastrophe: Klimawandel, Wasserknappheit, Ernährungskrise, Umweltflüchtlinge – das ganze Zeug.

JAN-1 (murmelt): Was für ein Scheiß passiert da eigentlich auf der Erde? Und wer ist dafür verantwortlich?

Plötzlich sitzt neben Jan ein zweiter identischer Jan auf der Couch.

JAN-2: Niemand ist dafür verantwortlich. Und alle sind dafür verantwortlich.

JAN-1 (verwirrt): Wie? Was? Wer bist du denn?

JAN-2: Ich bin du. Dein anderes Du.

JAN-1: Und was willst du?

JAN-2: Ich will gar nichts. Ich habe nur deine Frage beantwortet.

JAN-1: Ah ja. Du bist also einer von den ganz Schlauen.

JAN-2: Nicht schlauer als du. Ich bin ja du.

JAN-1 (leicht genervt): Also gut, wenn du schon da bist, dann sag mal, was wir morgen unternehmen sollen. Ich will irgendetwas Tolles machen. Diese ganze Umweltsache ist so frustrierend.

JAN-2: Was hältst du davon, wenn wir uns ein Smartphone kaufen? Das macht doch Spaß.

JAN-1: Ja, klar, das wäre echt super. Aber …

JAN-2: Aber was?

JAN-1: Aber du hast doch gerade gehört, was die im Fernsehen gesagt haben. Woher die ganzen Rohstoffe für die Smartphones stammen. Und wie die Umwelt in Afrika dafür zerstört wird. Und die Arbeiter in China dafür ausgebeutet werden. Nur damit wir hier Smartphones haben.

JAN-2: Ja, das stimmt schon irgendwie. Aber cool sind die Dinger schon, oder? Also pass auf, wir versuchen es mit einem Trick. Wenn du morgen in den Handy-Laden gehst, bist du nicht der Jan, der sich Sorgen um die Umwelt macht, sondern der Jan, der unbedingt ein Smartphone braucht.

JAN-1: Hä? Was für ein bescheuerter Trick! Das geht doch gar nicht.

JAN-2: Das geht sogar sehr gut. Du brauchst ein Smartphone, oder nicht? Alle haben eins. Wie willst du dich denn mit deinen Freunden zum Fußball verabreden, wenn du keins hast?

JAN-1: Stimmt. Und was ist mit dem Jan, der sich Sorgen um die Umwelt macht?

JAN-2: Ach ja, der. Der kann sich ja dann drum kümmern, dass das Smartphone in der Recyclingtonne landet, wenn du es nicht mehr brauchst.

JAN-1: Und das ist dann okay? Damit tun wir was für die Umwelt?

JAN-2: Keine Ahnung, hab ich nie drüber nachgedacht. Aber damit schlägst du zwei Fliegen mit einer Klappe. Und darum geht es doch, oder?

JAN-1: Worum geht es?

JAN-2: Dass wir ständig alles gleichzeitig tun. Wir wollen die Umwelt schützen. Und wir wollen ein Smartphone. Wir wollen den Klimawandel bekämpfen. Und wir wollen später mal ein großes Auto. Wir wollen kein Essen wegwerfen. Und wir wollen, dass der Kühlschrank immer gut gefüllt ist. Wir wollen …

JAN-1: Schon gut, ich hab's kapiert. So ist es eben. Das Leben ist kompliziert. Man kann sich nicht ständig über alles Gedanken machen.

JAN-2: Und deshalb ist es besser, sich gar keine Gedanken zu machen.

JAN-1: Was meinst du damit?

JAN-2: Na ja, wenn du dir über etwas Gedanken machst und dann irgendwann damit aufhörst, weil es zu kompliziert ist – das ist dann doch wirklich frustrierend, oder? Dann läufst du ständig mit halben Gedanken rum. Also ist es besser, sich gar keine Gedanken zu machen.

JAN-1: Aber ich *will* mir ja Gedanken machen. Zum Beispiel über das, was du gerade gesagt hast.

JAN-2: Was?

JAN-1: Na ja, dass wir gleichzeitig das eine und das andere wollen, obwohl es sich widerspricht und eigentlich überhaupt nicht zusammenpasst. Darüber will ich mir Gedanken machen. Aber …

JAN-2: Aber?

JAN-1: Aber irgendwie komme ich nicht dazu.

Jetzt sitzen neben den beiden Jans plötzlich noch mehr Jans auf der Couch.

JAN-3: Klar kommst du nicht dazu. Weil ich ja auch noch da bin. Ich bin der Jan, der sich wie ein Actionheld durch die Welt kämpfen will.

JAN-4: Und ich bin der Jan, der die Manager cool findet, die ständig um die Erde jetten.

JAN-5: Und ich bin der Jan, der so sein will wie …

JAN-1: Aufhören!

Jan lässt sich in die Couch zurückfallen und greift sich seufzend an den Kopf.

JAN-1: Au Mann, es ist echt ganz schön voll hier!

Ende.

Als Jan mit dem Vorlesen fertig war, linste er vorsichtig über den Rand seines Papiers. Wahrscheinlich halten mich jetzt alle für einen durchgeknallten Psycho oder so, dachte er. Aber das ist mir egal, sollen sie doch! Er blickte herausfordernd in die Klasse.

Doch komischerweise schien ihn niemand für einen durchgeknallten Psycho zu halten. Komischerweise war es völlig still in der Klasse. Und alle sahen ihn mit offenem Mund an.

Nach einer Weile, die Jan ganz schön lang vorkam, sagte Riesel: »Nicht übel, Jan. Das hätte ich gar nicht von dir erwartet. Aber was bedeutet das?«

»Äh, was bedeutet was?«, fragte Jan.

»Was du gerade vorgelesen hast«, sagte Riesel. »Was bedeutet das für dich?«

»Na, ist doch logisch«, sagte Jan. »Dass man erst mal über alles nachdenken muss, bevor man anderen irgendwelche Ratschläge erteilt.«

Aber genau in dem Moment, als er das sagte, hatte er das Gefühl, dass das irgendwie nicht reichte. Dass das doch selbstverständlich war. Nein, da war noch etwas anderes, wichtigeres …

»Wisst ihr«, sagte er, »ich glaube, vieles von dem, was wir machen, hat gar nicht unbedingt damit zu tun, was wir wissen. Ich habe nämlich immer gedacht, wenn wir so viel wissen – und wir wissen echt ganz schön viel über die Umwelt –, können wir doch auch etwas unternehmen. Aber es geht nicht nur ums Wissen. Ich esse ja auch gerne einen fettigen Hamburger, obwohl ich weiß, dass er nicht gut für mich ist. Wir sind eben komplizierte Wesen, und irgendwie finde ich das auch okay so. Worum es geht, ist, dass wir uns dessen bewusst sein sollten. Es ist doch so: Wir leben zwar alle auf demselben Planeten, aber wir leben auf diesem Planeten oft in ganz unterschiedlichen Welten. Ich meine damit nicht, dass wir auf verschiedenen Kontinenten und in verschiedenen Ländern leben – das tun wir natürlich. Sondern dass *jeder von uns* gleichzeitig in ganz unterschiedlichen Welten lebt. Dass wir gleichzeitig ganz unterschiedliche Rollen spielen. Und trotzdem denken wir, das passt doch irgendwie zusammen. Aber manchmal passt es eben nicht zusammen. Und wenn es nicht zusammenpasst, müssen wir etwas dagegen tun. Denn es könnte sein, dass eine der Rollen, die wir spielen – oder mehrere –, gar nichts mit uns zu tun hat. Dass sie uns irgendjemand eingeredet hat. Oder dass wir einfach das machen, was alle machen. Oder dass irgendein cooler Filmtyp oder jemand anders uns etwas vorgemacht hat. Ich finde aber, wir sollten nur das tun, was *wir* wollen, nicht, was irgendjemand anderer will, dass wir tun. Wir müssen unsere eigene Stimme finden – das ist meine Idee. Und das ist übrigens gar nicht so schwer. Man muss nur ein bisschen nachdenken.«

Das war's. Jan hatte es geschafft. Er konnte sich gar nicht erinnern, wann er das letzte Mal so lange ohne Unterbrechung geredet hatte.

Wer weiß, dachte er, vielleicht war diese Irrsinns-Ideen-Woche doch gar nicht so schlecht. Zumindest hatte er das Gefühl, mit seinem durchgeknallten Theaterstück auf eine Idee gekommen zu sein, mit der er etwas über sich selbst herausfinden konnte.

Und dann hätte sich die ganze Sache ja schon gelohnt.

EMMAS IDEE

»Und wer ist jetzt dran?«, fragte Riesel.

»Äh, ich, glaube ich«, sagte Emma.

Alle starrten sie an.

Sie hasste es, wenn alle sie anstarrten.

Natürlich mochte sie es, wenn sie in der Klasse auf ihr cooles neues Shirt oder auf ihre tollen Schuhe angesprochen wurde – es sollte sich ja schließlich lohnen, dass sie jeden Morgen mindestens eine halbe Stunde vor dem Spiegel verbrachte, um ihr Outfit auszuwählen. Aber sich vor die ganze Klasse zu stellen und ein Referat oder so etwas zu halten – das machte sie nur, wenn es sich wirklich nicht vermeiden ließ. Und wenn, versuchte sie, die Sache mit möglichst wenig Aufwand zu überstehen. Sollen sich die anderen doch da vorne zum Idioten machen!

Allerdings hatten sich Anton, Lina und Jan nicht gerade zu Idioten gemacht, ganz im Gegenteil. Umso mehr spürte Emma die erwartungsvollen Blicke der Klasse. Bestimmt dachten sie alle: Und was wird Emma jetzt wohl sagen – Emma, die Shopping-Queen, die sich bisher nicht die Bohne um die Umwelt und das alles geschert hat? Das wird sicher saukomisch!

Ächz.

Tatsächlich hatte Emma schon die ganze Woche über ein flaues Gefühl im Magen gehabt. Und als Paul dann gestern zu Riesel gesagt hatte, dass jeder von ihnen am Freitag seine eigene Idee vorstellen würde, war ihr richtig schlecht geworden. Was zum Teufel sollte sie nur sagen?

Vielleicht sollte sie einfach das wiederholen, was sie als Irrsinn auf die Karteikarte geschrieben hatte: dass man eh nichts bewirken kann. Dass alles viel zu groß ist und viel zu viele Menschen auf der Erde leben und man selbst nur einer davon ist, und was kann man da schon ausrichten? Da würden ihr doch alle zustimmen – denn so war es ja schließlich –, und dann könnte sie sich einfach wieder hinsetzen.

Aber blöderweise ging es jetzt nicht mehr um den Irrsinn allein. Es ging um eine Idee.

Doppel-Ächz.

Und so hatte Emma gestern Abend in ihrem Zimmer gesessen und sich den Kopf zerbrochen. Was hatte sich an ihrer Einstellung zu dem Thema im Laufe der Woche geändert? Eigentlich nicht viel, oder? Sie fühlte sich immer noch klein und hilflos angesichts des riesigen Berges an Problemen, vor dem die Menschheit stand. Neu war jetzt im Grunde nur, dass sie zusätzlich auch noch Angst hatte. Diese ganzen Zahlen und Statistiken, mit denen Lina und die anderen um sich geworfen hatten – stimmte das wirklich? War es wirklich so schlimm?

Emma hatte nicht vor, später Wissenschaftlerin oder so etwas zu werden. Also brauchte sie sich eigentlich auch nicht groß dafür zu interessieren, oder? Doch dann fiel ihr wieder ein, was Lina am Ende der Irrsinns-Diskussion gesagt hatte: dass es bei der ganzen Sache nicht nur um wissenschaftliche Fakten geht, sondern auch darum, was einem wichtig ist. Das hatte Emma, ehrlich gesagt, den Rest der Woche ziemlich beschäftigt.

Was war ihr wichtig?

Klar, ihre Eltern waren ihr wichtig. Und ihre Freundinnen. Und gemeinsam auf Partys zu gehen. Und Jungs waren jetzt auch nicht ganz unwichtig – zumindest wurden sie irgendwie immer wichtiger, auch wenn Emma das nie zugegeben hätte. Und sonst?

Sie hatte sich in ihrem Zimmer umgesehen und

gedacht: Na, das ganze Zeug hier, das muss mir doch wichtig sein, sonst hätte ich es ja nicht. Hm. Ihr Blick war über ihre Sachen gewandert – den Schrank mit den Klamotten, die Stofftiere, den Computer, das iPod, die Poster an den Wänden, das Smartphone und den ganzen Krimskrams auf ihrem Tisch –, und plötzlich war ihr eine Idee gekommen. Nicht *die* Idee, nach der sie eigentlich suchte – nein, einfach nur etwas, was sie mal ausprobieren wollte, solange ihr nichts Besseres einfiel. Sie war aufgesprungen und nach unten gelaufen, hatte den riesigen Wanderrucksack ihres Vaters aus der Abstellkammer geholt und hoch in ihr Zimmer getragen. Und dann hatte sie alle ihre Sachen Stück für Stück in den Rucksack gestopft. Wirklich alles – bis auf die Möbel natürlich. Bei einigen der Dinge hatte sie sich gar nicht mehr erinnern können, sie einmal gekauft zu haben. Aber egal, mit ein bisschen Drücken und Schieben hatte alles hineingepasst, nur hatte der Rucksack dann noch riesiger ausgesehen, wie ein aufgeblasenes Marshmallow. Sie hatte auf den Rucksack gestarrt und sich gedacht: Das bin ich. Alles, was mir wichtig ist, ist jetzt da drin.

Und dann hatte sie versucht, sich den Rucksack auf den Rücken zu schnallen. Wer A sagt, muss auch B sagen, so hieß es doch, oder? Einmal, zweimal hatte sie es probiert, aber erst beim dritten Mal war es ihr halbwegs gelungen, mit dem Rucksack auf dem Rücken aufzustehen. Wobei »aufstehen« etwas übertrieben war: Emma hatte etwa fünf Sekunden mit dem Rucksack auf dem Rücken in der Mitte ihres Zimmers gestanden – und dann war sie nach hinten geplumpst. Das Gewicht war viel zu schwer für sie gewesen. Und wie sie so auf dem Boden gelegen hatte, hatte sie sich gedacht: Na, toll. Und was mache ich jetzt?

Jetzt war Freitagvormittag, und Emma musste ihre Idee vorstellen. Natürlich hatte sie keinen Rucksack dabei, ja, sie würde nicht einmal erwähnen, was sie da gestern in ihrem Zimmer gemacht hatte. Das war ihr viel zu peinlich. Aber die Sache mit dem Rucksack hatte sie auf etwas gebracht. Sie wusste nicht, ob es wirklich eine Idee war – jedenfalls nicht so was Konkretes wie Antons Alien-Tag oder Linas Zukunftsunterricht –, aber zumindest war es etwas, auf das sie ganz allein gekommen war.

Sie ging langsam nach vorne und wandte sich der Klasse zu. Und dann sagte sie: »Wer bin ich?«

Erst sahen sie alle schweigend an, dann kicherten einige.

»Nein, das meine ich ganz im Ernst«, sagte Emma. »Wer bin ich?« Noch mehr Kichern. »Okay, das ist eine blöde Frage«, fuhr Emma fort. »Natürlich weiß ich, wer ich bin. Und ihr wisst, wer ihr seid. Aber wer bin ich genau? Was macht mich aus?«

»Das, was du anhast«, rief eine Schülerin lachend.

Damit hatte Emma natürlich gerechnet – dass jemand ihren Klamottenfimmel erwähnen würde. Also sagte sie: »Stimmt, das macht mich aus. Denn wenn wir nichts anhaben, sind wir im Grunde doch alle ziemlich gleich, oder? Ich meine, wir alle haben zwei Arme, zwei Beine, einen Kopf und … na ja, noch einige andere Sachen.«

»Was denn noch für Sachen?«, rief einer der Jungs grinsend.

»Psst«, machte Riesel.

»Jedenfalls«, sagte Emma, »wir sind alle Menschen. Erst das, was wir tun, unterscheidet uns voneinander. Und das, was wir besitzen. Die einen« – sie sah Jan an – »spielen gern Fußball und haben jede Menge Bälle und Trikots zu Hause. Die anderen« – sie sah Lina an – »wollen unbedingt die Welt retten und tragen nur Öko-Kleidung. Aber was ich mich frage, ist: Wie *entscheiden* wir eigentlich, wer wir sind?«

»Puh, Emma«, sagte Riesel, »das ist aber eine ganz schön schwierige Frage. Wie kommst du denn darauf?«

Emma strich sich die Haare aus dem Gesicht und sagte: »Wir haben in unserer Gruppe ziemlich viel darüber geredet, was man eigentlich als Einzelner gegen die Umweltzerstörung tun kann. Und ob das alles überhaupt irgendeinen Sinn hat, wenn wir hier bei uns ein bisschen weniger Müll machen oder ein bisschen weniger Benzin verbrauchen, während so viele andere Menschen nichts tun – oder sogar immer mehr Müll machen und Benzin verbrauchen. Und wisst ihr, worauf ich da gekommen bin?«

Jetzt sahen alle Emma, ohne zu kichern, an. Im Gegenteil – sie waren ziemlich aufmerksam.

»Ich bin darauf gekommen, dass ich keine Ahnung habe, ob das einen Sinn hat«, sagte Emma. »Ich meine, überall gibt es Leute, die dir sagen, dass das eine richtig ist und das andere falsch. Und dann gibt es andere Leute, die genau das Gegenteil sagen. Und jeder hat irgendwelche Statistiken, die er dir um die Ohren haut. Und jeder hat seine Meinung zu den Statistiken, und auch die haut er dir um die Ohren. Und das alles ist ein einziges Gequassel, und keiner versteht mehr irgendwas. Und da hab ich mir gedacht: Wenn dir niemand sagen kann, was richtig oder falsch ist, dann bleibt dir ja nichts anderes übrig, als es dir selbst zu sagen, oder?«

Sie machte eine kurze Pause. Es war ganz still im Raum. Riesel bedachte sie mit einem skeptischen Blick.

»Ja, und das«, fuhr Emma fort, »ist wahnsinnig schwierig, finde ich. Ich meine, wir tun so viele Dinge an einem Tag – da kann doch niemand erwarten, dass wir in jeder Minute darüber nachdenken, was richtig oder falsch ist. Mir jedenfalls ist das zu anstrengend.

Und deshalb habe ich die ganze Sache für mich mal etwas vereinfacht.«

Sie wischte Linas Zukunftsschleifen von der rechten Tafelhälfte ab, griff nach einem Stück Kreide und zeichnete etwas ziemlich Seltsames.

»Was soll denn das sein?«, rief jemand.

»Sieht irgendwie aus wie ein Baum«, sagte ein anderer.

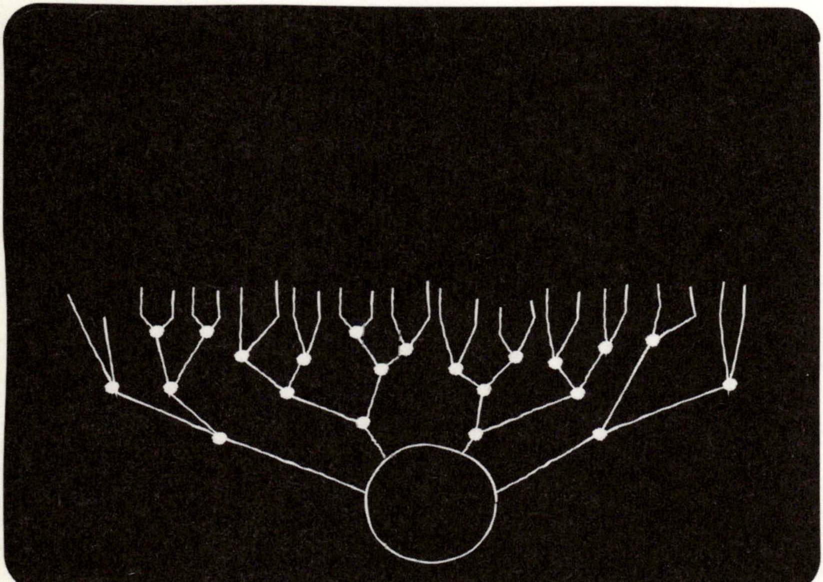

»Stimmt«, sagte Emma, als sie fertig war. »Das sieht irgendwie wie ein Baum aus. Aber fangen wir am Anfang an.« Sie deutete auf den großen Kreis ganz unten. »Das hier bin ich. Oder irgendjemand anderer. Ein Mensch eben. Und die Punkte darüber sind unsere Entscheidungen – was wir tun, was wir kaufen, wie wir uns verhalten. Große Entscheidungen oder kleine Entscheidungen, ganz egal. Und wie ihr seht, bedeutet jede Entscheidung eine Richtungsänderung – das sind dann die Striche, die sich wie Äste verzweigen. Entweder ich mache das eine oder das andere. Was jeweils bedeutet, dass mein Leben eine andere Richtung nimmt. Zum Beispiel …«

»Ja«, sagte Riesel, »ich glaube, du solltest mal ein Beispiel geben.«

»Zum Beispiel«, sagte Emma und blickte kurz zu Marie hinüber, »entscheide ich mich, kein Fleisch mehr zu essen und Vegetarierin zu werden. Mein Leben verläuft von da an anders. Keine Hamburger, keine Würstchen und keine Spaghetti Bolognese mehr.« Emma deutete auf einen der kleinen Punkte. »Und genau hier habe ich meinen Entscheidungspunkt. Und ich kann mich fragen: *Warum* habe ich mich eigentlich entschieden, Vegetarier zu werden? Weil ich nicht will, dass so viel Fleisch produziert und die Umwelt damit belastet wird? Oder weil ich nicht will, dass die Tiere in den Ställen so zusammengepfercht sind und leiden müssen? Oder probiere ich es einfach nur mal aus, weil es in ist? Seht ihr, es gibt tausend Gründe, etwas zu tun – aber wenn man genau darüber nachdenkt, ist es immer nur ein Grund, der wirklich zählt. Ein Grund ist uns *wichtiger* als alle anderen. Und diesen Grund müssen wir herausfinden. Erst dann können wir sagen, ob etwas richtig oder falsch ist.«

»Ich wusste gar nicht, dass du Vegetarierin bist«, sagte Riesel.

»Bin ich nicht«, erwiderte Emma. »Aber auch das ist ja eine Entscheidung – kein Vegetarier zu sein.« Wieder deutete sie auf einen der kleinen Punkte. »Niemand zwingt mich dazu, Fleisch zu essen. Also suche ich den Entscheidungspunkt und frage mich: Warum esse ich eigentlich Fleisch?« Sie blickte in die Runde.

»Weil es gut schmeckt«, sagte jemand.

Emma nickte. »Ja, das ist ein Grund. Und wenn ihr das Gefühl habt, dass dieser Grund alle anderen Gründe, Fleisch zu essen oder eben nicht, aussticht, dann ist es okay. Aber wenn nicht, dann …« Sie hielt kurz inne.

»Dann?«, fragte Riesel.

»Dann solltet ihr euch diesen Entscheidungspunkt rot anstreichen«, sagte Emma. »Und versuchen herauszufinden, was dahintersteckt und ob es nicht noch andere wichtigere Gründe gibt, etwas zu tun oder nicht zu tun. Und ob ihr nicht in eine andere Richtung gehen wollt. Wichtig ist, dass ihr euch über eure Gründe im Klaren seid.«

»Du klingst ja plötzlich so oberschlau, Emma«, sagte eine Schülerin. »Und was ist mit den ganzen Klamotten, die du dir kaufst? Fragst du dich da auch, *warum* du sie kaufst?«

Emma dachte kurz nach. Jetzt wurde es ernst, denn genau diese Frage hatte sie sich gestern auch gestellt – spätestens in dem Moment, als sie mit dem Rucksack umgefallen war und begriffen hatte, dass sie *wirklich* zu viele Klamotten besaß. Sollte sie jetzt diesen Schritt tun? Emma zögerte, denn sie wusste, dass danach ihr Leben nicht mehr so sein würde wie zuvor. Aber eigentlich war ihr längst klar, dass sie diesen Schritt tun würde. Sie ging wieder zur Tafel und deutete auf einen der Punkte.

»Bisher nicht«, sagte sie. »Aber jetzt. Also, das hier ist der Punkt, an dem ich entschieden habe, mir ständig tolle Kleider zu kaufen. Und warum? Weil ich tolle Kleider liebe. Es macht mir Spaß, sie zu kaufen und zu tragen. Aber ist das der wichtigste Grund von allen? Oder gibt es nicht noch etwas Wichtigeres? Zum Beispiel, dass Menschen in anderen Ländern ausgebeutet werden, damit ich günstig tolle Kleider kaufen kann. Oder dass ich eigentlich gar nicht so viel anziehen kann, wie ich besitze. Und wenn ich das Gefühl habe, dass plötzlich ein anderer Grund wichtiger ist, dann ändere ich die Richtung, die von dem Entscheidungspunkt ausgeht.«

»Aber du hast doch vorher selbst gesagt«, wandte ein Schüler ein, »dass es wahnsinnig schwierig ist, die ganze Zeit darüber nachzudenken, was richtig oder falsch ist.« Er deutete auf Emmas Baumskizze. »Ich finde, dass das nicht gerade einfach aussieht. Es sieht sogar ziemlich kompliziert aus.«

Ein zustimmendes Murmeln ging durch die Klasse.

»Stimmt, es sieht kompliziert aus«, sagte Emma. »Aber es ist gar nicht so kompliziert. Versucht es einfach einmal mit euren eigenen Entscheidungen und malt einen Baum. Vielleicht fangt ihr nur mit einer Entscheidung oder zwei an – die, die euch wirklich wichtig scheinen. Oder ihr tragt gleich ganz viele ein und überlegt euch dann, welche überhaupt wichtig sind. Bei jedem Menschen schaut das dann anders aus, aber eines ist immer gleich: Man sieht die ganzen Entscheidungen, die man in seinem Leben so trifft, und kann sich fragen, warum man sie eigentlich trifft – oder getroffen hat. Wozu sie gut waren. Und wohin sie einen geführt haben. Das herauszufinden, hilft uns der Entscheidungsbaum. Und außerdem sind wir ja noch jung. Wir können noch ganz viele Entscheidungen treffen.« Sie stellte sich auf die Zehenspitzen und zeichnete einen zweiten großen Kreis, den sie dann mit einigen der Linien verband. »Schaut, das hier oben bin ich zu einem späteren Zeitpunkt.«

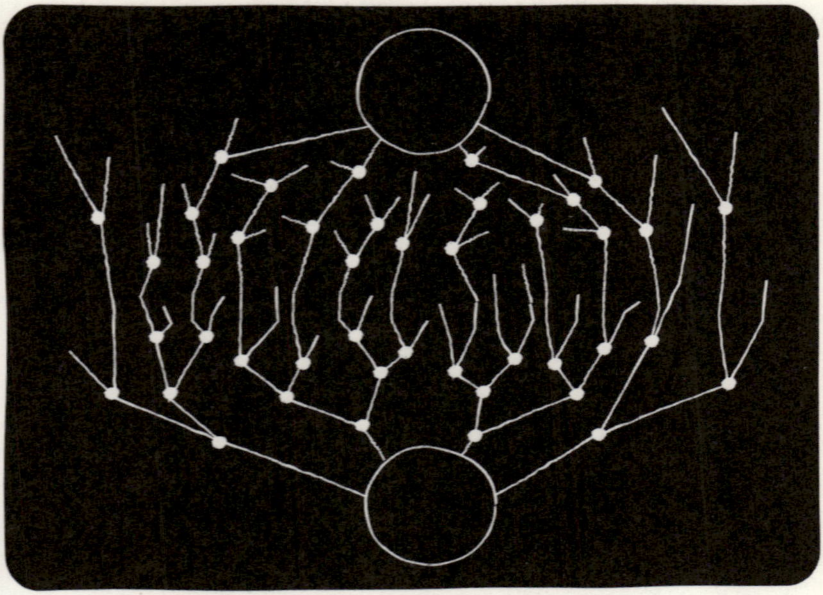

»Denn der Mensch«, fuhr Emma fort, »der wir in vielen, vielen Jahren sein werden, ist nicht derselbe Mensch, der wir jetzt sind. Durch unsere Entscheidungen ändern wir uns. So einfach ist das.«

»Hm. Na gut, du weißt jetzt also, warum du dich für etwas entschieden hast«, sagte Riesel. »Aber was hat das damit zu tun, ob etwas richtig oder falsch ist?«

Emma dachte kurz darüber nach. Dachte an Maries Bild von gestern, auf dem sie sich alle aneinander klammerten, während sie ein Sturm fast wegwehte.

Dachte daran, was Marie darunter geschrieben hatte: *Es geschieht einfach.*

Und sie sagte: »Wenn wir ganz ehrlich zu uns sind, wissen wir doch genau, was richtig oder falsch ist, oder? Es ist falsch, Kleidung zu kaufen, für die andere Menschen ausgebeutet werden. Und es ist falsch, billiges Fleisch zu essen, für das Tiere unnötig gequält wurden. Aber so viele andere Gründe, die wir einmal gehabt haben oder immer noch haben, versperren uns die Sicht darauf. Wir wissen oft nicht, warum genau wir eigentlich etwas tun. Aber wir sollten es wissen, finde ich.«

Sie legte die Kreide weg und wischte sich den Staub von den Fingern. Ihr Vortrag war zu Ende.

Uff.

Doppel-Uff.

»Hey, Emma ist ja jetzt plötzlich ein richtiger Gutmensch«, rief einer der Schüler.

Na und, dachte Emma. Was ist falsch daran, gut zu sein?

PAULS IDEE

Eines stand jetzt schon fest: Die Woche war völlig anders verlaufen, als Paul es sich vorgestellt hatte. Er hatte eigentlich gedacht, dass die Gruppe der »Irren« – die sich ja nur gebildet hatte, weil er wie so oft in der Klasse seinen Mund nicht halten konnte – überhaupt nichts zustande bringen würde. Und noch vor einigen Tagen wäre ihm das auch egal gewesen. Aber dann hatten sie die Diskussionen über den Irrsinn geführt, und obwohl sie sich dabei immer mal wieder gezofft hatten, war Paul ins Grübeln gekommen. Und jetzt hatte er zugehört, was für Ideen den anderen so eingefallen waren, und er hatte sich gefragt: Wofür der ganze Aufwand, wenn das alles ohnehin keinen Sinn hatte?

Denn damit – mit Pauls Meinung, dass alles keinen Sinn hatte, weil die Erwachsenen den Planeten schon kaputtgemacht hatten – hatte diese seltsame Woche ja überhaupt erst begonnen. Aber inzwischen war er sich gar nicht mehr so sicher, ob er mit seiner Meinung richtiglag. Wenn alles keinen Sinn hat, dachte er, was mache ich dann mit dem Rest meines Lebens? Denn irgendwas muss ich ja machen, oder?

Andererseits gab es immer noch viele gute Gründe dafür, der Meinung zu sein, dass alles keinen Sinn hatte. Dass die Erwachsenen es völlig vermasselt hatten und ihren Kindern einen ausgeplünderten Planeten überreichten. Und dass sich die Kinder weigern sollten, dieses Erbe anzunehmen. Man brauchte sich ja nur auf der Erde umzusehen, um zu erkennen, welch katastrophale Spuren die Menschen in der Natur hinterlassen hatten. Und wofür das alles? Damit noch mehr Autos auf den Straßen fuhren. Damit noch mehr Häuser gebaut wurden. Damit noch mehr Geld verdient wurde. Was für ein Quatsch!

Wenn man jung ist, dachte Paul, glaubt man, dass es in der Welt der Erwachsenen trotz allem irgendwie schon vernünftig zugeht. Dass die Erwachsenen die Dinge schon irgendwie geregelt kriegen. Aber das ist falsch. Sie kriegen es nicht geregelt. Es war ihm völlig schleierhaft, wie man das nur glauben konnte. Warum begriffen das die anderen Jugendlichen nicht?

Denn das war Pauls Problem, sein echtes Problem jenseits seines ganzen Gestänkers in der Klasse: Er würde ziemlich bald selbst zu einem Erwachsenen werden, das war unvermeidlich. Und während sich alle anderen darauf zu freuen schienen, freute er sich nicht im Geringsten. Was sollte das alles?, fragte er sich. Er würde sich erst eine Ausbildung und dann einen Job in irgendeiner Firma suchen. Er würde Geld verdienen. Er würde ein Auto und ein Haus haben und einmal im Jahr in den Urlaub fliegen. Er würde im Grunde alles so machen, wie es jeder Erwachsene machte – denn so funktionierte das Spiel eben. Dieses blöde Spiel, das den Planeten dorthin gebracht hatte, wo er jetzt war!

Wie konnte er das nur verhindern? Was konnte er dagegen tun? Was Anton, Lina, Jan und Emma vorgeschlagen hatten, war echt gut, dachte er, aber reichte das auch? Gab es überhaupt irgendetwas, was man dagegen tun konnte?

Darüber hatte er gestern, nachdem sie alle nach Hause gegangen waren, heftig nachgedacht.

Und irgendwann hatte er damit begonnen, jede Menge Post-it-Zettel vollzuschreiben.

Und die hatte er jetzt alle dabei.

»Und wer kommt jetzt?«, fragte Riesel, als sich Emma wieder hingesetzt hatte.

»Ich«, murmelte Paul. Er stand auf und schlurfte nach vorne – so wie er es immer tat, wenn er irgendetwas vortragen musste. Dabei spürte er förmlich die Blicke seiner Mitschüler im Rücken und ihre Vorfreude. Natürlich dachten sie, dass er sich wieder mit Riesel anlegen würde. Paul, der Revoluzzer! Haha!

Aber im Laufe der Woche war Paul noch etwas klar geworden: Es ging gar nicht um Riesel. Und es ging auch nicht um ihn selbst, Paul. Natürlich machte ihm Riesel ziemlich oft das Leben schwer, und er war sich sicher, dass er Riesel auch ziemlich oft das Leben schwer machte. Aber kümmerte es die Umwelt, welcher Mensch dem anderen das Leben schwer machte? Immer ging es, dachte er sich, um irgendwelche Urteile über andere Menschen. Immer fand irgendjemand einen anderen blöd. Immer war irgendjemand so oder so gelaunt. Das konnte einem ganz schön auf die Nerven gehen – aber er selbst machte da ja auch mit. Was würde eigentlich geschehen, fragte er sich, während er sich langsam zur Klasse umdrehte, wenn man das alles einmal zur Seite schieben würde: alle Urteile, die wir uns den ganzen Tag lang über andere Menschen bilden? Was würde dann noch übrig bleiben? Das eigentlich Wichtige?

»Also gut, Paul«, murrte Riesel. »Wir sind ziemlich gespannt auf deine Idee.«

Das kann ich mir vorstellen, dachte Paul. Er kramte die ganzen Post-it-Zettel aus der Hosentasche und legte sie auf das Lehrerpult. Dann sagte er: »Meine Idee ist, dass ich keine Idee habe. Dass wir alle keine Ideen haben.«

Ein Raunen ging durch die Klasse. Ja, das war der Paul, den sie kannten! Immer dagegen, egal gegen wen oder was.

Paul räusperte sich und sagte: »Damit will ich nicht sagen, dass die anderen keine tollen Ideen hatten. Überhaupt nicht. Nein, ich meine damit, dass ich es ziemlich komisch finde, dass wir eine Projektwoche brauchen, um über Ideen zu reden. Warum reden wir eigentlich nicht jeden Tag über Ideen, wie man es besser machen kann?«

Die anderen sahen Paul gespannt an.

»Das kann doch nicht so schwer sein, oder?«, fuhr er fort. »Das mit den Ideen, meine ich. Emma hat es ja gerade gesagt: Eigentlich wissen wir doch, was richtig und was falsch ist. Und eigentlich kann sich doch jeder von euch eine bessere Welt vorstellen. Eine Welt, in der wir nicht die Umwelt zerstören und nicht alle Ressourcen verbrauchen und die Tiere besser behandeln und überhaupt fair miteinander umgehen. Und so weiter. Wer kann sich das nicht vorstellen? Denn wir wollen doch alle in so einer besseren Welt leben, oder?«

Jetzt sah Paul die anderen gespannt an.

»Nun«, sagte Riesel, »das wäre natürlich schön, Paul. Aber so einfach ist es nicht. Es reicht nicht, wenn man sich etwas nur vorstellt.«

Paul nickte. »Das stimmt«, sagte er. Und er dachte: Wow, das ist das erste Mal, dass ich Riesel recht gebe. »Und trotzdem verstehe ich das nicht«, sagte er dann. »Was hindert uns eigentlich daran, das zu tun, was wir uns so gut vorstellen können?«

»Na ja«, sagte Riesel, »da geht es eben um Politik und Wirtschaft. Das ist kompliziert. Menschen haben oft ganz verschiedene Interessen und Bedürfnisse. Und das führt zu Konflikten. Es läuft nicht immer alles so, wie man will.«

Ja, dachte Paul, die Welt der Erwachsenen war wirklich ziemlich kompliziert. Es war echt schwer zu unterscheiden, wer gerade wofür und wer wogegen war. Worum es in diesen ganzen Konflikten eigentlich ging (um ehrlich zu sein: meistens hatte er das Gefühl, dass es um nichts ging, jedenfalls um nichts, was wirklich von Bedeutung war). Und noch schwerer war zu verstehen, warum es in der Geschichte immer nur ganz wenige Menschen gewesen waren, die das getan hatten, was später für alle zur Selbstverständlichkeit wurde, was später alle als richtig und gut empfanden.

Warum konnte man sich nicht einfach gleich einigen und das Richtige tun?

Also sagte er: »Aber es gibt doch Dinge, die sind *an sich* gut. Bei denen jeder Mensch versteht, dass sie gut sind.«

»Zum Beispiel?«, fragte Riesel.

Paul zuckte mit den Schultern. »Die Abschaffung der Sklaverei«, sagte er. »Das haben wir doch in Geschichte gelernt. Das war etwas, was total richtig war, oder nicht? Weil es doch total falsch ist, Menschen zu Sklaven zu machen.«

»Ja, das ist falsch. Aber nicht alle sahen das damals so«, gab Riesel zu bedenken. »Sonst hätte es ja gar keine Sklaverei gegeben.«

»Aber *warum* sahen sie es nicht so?«, fragte Paul und blickte jetzt nicht mehr nur Riesel, sondern die ganze Klasse an.

»Es gibt eben Menschen, die ganz gemein und böse sind«, sagte eine Schülerin. »Die machen so was.«

Paul nickte und dachte: Ja, es gibt Menschen, die tun böse Dinge. Sogar sehr viele Menschen. »Trotzdem kann ich einfach nicht glauben«, sagte er, »dass damals wirklich die meisten dachten, die Sklaverei sei etwas Gutes. Bestimmt gab es sehr, sehr viele, die wussten, dass es falsch ist, Menschen wie Sklaven zu behandeln. Aber sie taten es trotzdem. Aus ganz unterschiedlichen Gründen. Weil es eben so war. Weil es alle so machten. Weil es ihre Eltern so gemacht hatten. Und deren Eltern. Und vielleicht weil sie …« Er zögerte kurz, dann sagte er: »Weil sie Angst hatten.«

»Angst?«, fragten einige Schüler wie aus einem Mund.

»Angst?«, fragte Riesel.

»Ja, Angst«, sagte Paul. »Sie hatten Angst davor, dass sich etwas verändern könnte. Dass sie etwas verlieren würden, wenn es keine Sklaverei mehr gibt – ihr Geld oder ihr Land oder was auch immer. Ich habe das Gefühl, die Menschen machen überhaupt viele Dinge, weil sie Angst haben, etwas zu verlieren. Ich meine, wie wir die Umwelt behandeln – niemand denkt doch wirklich, dass das gut ist. Dass wir den Regenwald abholzen. Dass wir so viele Abgase in die Luft blasen. Dass wir so viel Elektroschrott produzieren. Dass die Tiere so gequält werden. Kennt ihr jemanden, der sagt, dass das gut ist? Ich nicht. Und trotzdem machen es die Menschen. Weil sie Angst haben, dass sie etwas verlieren, wenn es mal anders ist. Ihren Job. Oder ihren Besitz.«

»Also, ich weiß nicht, ob der Vergleich mit der Sklaverei angemessen ist, Paul«, sagte Riesel mürrisch. »Ich finde, du übertreibst da ein bisschen. Davon abgesehen sollte man einen Menschen durchaus ernst nehmen, der Angst um seinen Arbeitsplatz oder um sein Zuhause hat. Wie würde es dir gefallen, wenn du und deine Familie plötzlich euer Einkommen oder eure Wohnung verliert?«

»Keine Ahnung«, sagte Paul. »Aber das ist doch genau das, was ich meine: Obwohl etwas an sich nicht gut ist, obwohl es keine wirklich überzeugenden Argumente gibt, es zu rechtfertigen, fallen uns ständig irgendwelche Argumente *dafür* ein. Ich verstehe das einfach nicht.«

»Was genau verstehst du nicht?«, fragte Riesel.

»Euch Erwachsene«, sagte Paul und blickte etwas ratlos in die Klasse. »Versteht ihr sie?«

Die anderen machten große Augen, aber keiner sagte etwas.

Paul zuckte mit den Schultern und sagte: »Ich habe gestern mal spontan aufgeschrieben, was Erwachsene so von uns erwarten. Was mir gerade eingefallen ist. Das ganze Zeug, das sie uns tagein, tagaus erzählen – egal ob Eltern oder Lehrer oder die Werbung oder irgendwelche anderen Leute. Schaut mal.«

Er griff nach den Post-it-Zetteln und klebte einen nach dem anderen an die Tafel. Und da nicht von allen Plätzen aus zu erkennen war, was er darauf geschrieben hatte, las er sie gleichzeitig vor. Und schließlich hingen sie alle da. Die Schüler der Klasse 7C sahen sie nachdenklich an.

KAUF DIR DAS!
STRENG DICH AN!
DENK AN DEINE KARRIERE!
VERGEUDE KEINE ZEIT!
ISS MEHR FLEISCH!
SETZ DICH DURCH!

DENK AN DIE UMWELT!
ISS WENIGER FLEISCH!
SEI RÜCKSICHTSVOLL!
KAUF DIR DAS NICHT!
SPAR FÜR DIE ZUKUNFT!
VERÄNDERE DIE WELT!

»Hm«, machte Riesel nach einer Weile. »Und was willst du damit sagen, Paul? Wir wissen ja schon, was du von den Erwachsenen hältst.«

»Ich will eigentlich nur sagen«, meinte Paul, »dass das alles ziemlich verwirrend ist. Und ich bin sicher, dass es nicht nur mir so geht, sondern ganz vielen Jugendlichen. Darüber habe ich gestern nachgedacht. Und wisst ihr, auf was ich gekommen bin?«

»Nein, aber das wirst du uns sicher gleich sagen«, sagte Riesel.

Paul sah ihren Lehrer an. »Ihr Erwachsenen seid genauso verwirrt«, sagte er. »Und ihr gebt diese Verwirrung einfach an uns weiter. Und eure Angst, etwas zu verlieren. Und so geht das schon eine ganze Weile. Die Erwachsenen geben ihre Verwirrung und ihre Angst an die Kinder weiter, und wenn die dann erwachsen sind, machen sie es genauso mit ihren Kindern.« Er blickte wieder in die Klasse. »Versteht ihr?«

»Aber es gibt doch auch Erwachsene, von denen man etwas Gutes lernen kann«, sagte einer der Schüler.

»Ja«, sagte ein anderer. »Und überhaupt: Von wem sollen wir denn sonst etwas lernen?«

Paul nickte. »Ihr habt absolut recht«, sagte er. »Es gibt wirklich viele tolle und mutige Erwachsene. Wenn es sie nicht gegeben hätte, dann wären wir ja gar nicht hier. Und wenn wir uns alle diese Erwachsenen zum Vorbild nehmen würden, dann wäre wirklich einiges besser auf der Welt. Aber das tun wir nicht, oder? Wir sind eben genau so verwirrt wie alle anderen. Jan hat ja darauf hingewiesen: Überlegt euch einfach nur mal, wen ihr euch so zum Vorbild nehmt. Wessen Geschichten ihr so glaubt. Denn wisst ihr was?« Er zeigte auf die Post-it-Zettel an der Tafel. »Das da sind nur Geschichten, die uns die Erwachsenen erzählen. Das ist nicht die Wahrheit.«

»Geschichten?«, sagte Riesel. »Wie meinst du das?«

»Ich meine«, erwiderte Paul, »hier passt doch nichts zusammen. Die einen sagen das, die anderen etwas anderes. Jeder hat seine Sichtweise. Jeder erzählt uns seine Geschichte, wie er die Welt sieht. Der eine sagt, dass alle Menschen gegeneinander kämpfen müssen, damit die Welt funktioniert. Und der andere, dass sich alle umarmen müssen, damit die Welt funktioniert. Und dann gibt es noch Leute, die erzählen uns, dass die Welt nie funktionieren wird.«

»Aber ich mag Geschichten«, rief ein Schüler.

»Ich auch«, sagte Paul. »Jeder mag Geschichten. Aber das heißt ja nicht, dass wir sie *glauben* müssen. Und überhaupt: Wohin haben uns denn die ganzen alten Geschichten gebracht?«

»Welche alten Geschichten?«, fragte Riesel.

»Na, zum Beispiel die Geschichte, dass alles auf der Erde in Geld umgerechnet werden muss, damit es einen Wert hat«, sagte Paul. »Wieso tun wir das eigentlich? Das hat uns doch niemand befohlen. Oder die Geschichte, dass alles immer schneller gehen muss und dass wir immer mehr von allem brauchen, damit es uns besser geht. Immer mehr Autos. Immer mehr Fabriken. Überhaupt immer mehr Dinge. Das erzählen wir uns schon so lange, dass wir es als Wahrheit betrachten. Aber wer sagt eigentlich, dass das stimmt?«

»Und wer sagt, dass das nicht stimmt?«, fragte Riesel.

»Ich«, rief Lina vehement.

Die anderen sahen sie überrascht an, dann wandten sie sich wieder nach vorne.

»Jedenfalls«, sagte Paul, »ich glaube, das ist, was ich zu Beginn der Woche sagen wollte. Dass wir unsere eigene Geschichte erzählen müssen – und nicht die der Erwachsenen. Und dass wir unbedingt eine *neue* Geschichte erzählen müssen, wenn wir die bessere Welt wollen, die wir uns ja eigentlich alle vorstellen können.«

»Aber vorher hast du doch gesagt, dass du gar keine Idee mitgebracht hast«, meinte Riesel.

»Das stimmt«, sagte Paul.

»Schade«, sagte Riesel. »Es wäre schön gewesen, wenn du eine mitgebracht hättest. Dann wird sich also nichts ändern. Wie du es ja von Anfang an gesagt hast.«

Paul nahm die Post-it-Zettel von der Tafel und schob sie wieder in die Hosentasche. Und dann sagte er: »Das hab ich mir gestern auch gedacht. Aber dann ist mir etwas eingefallen: Wenn du keine Idee hast, dann ist genau das die Idee! Also: Wir eröffnen einen Club für Ideen. Wir suchen uns irgendwo einen Ort – in der Schule, im Park, ganz egal wo –, an dem man sich treffen und über Ideen reden kann.«

»Klingt wie ein Laberclub«, sagte ein Schüler.

»Und wer darf da mitmachen?«, fragte ein anderer.

»Wir alle«, sagte Paul. »Ich meine alle, die im einundzwanzigsten Jahrhundert geboren sind. Einen Club der 2000er. Und wenn wir da nur labern, ist es auch okay. Es geht darum, dass wir eben nicht nur in Projektwochen am Ende des Schuljahres über Ideen reden. Sondern die ganze Zeit. Ja, dass wir uns überhaupt Zeit dafür nehmen.«

»Aber wir haben doch schon so viel zu tun«, sagte eine Schülerin.

»Ja«, sagte Paul, »wir haben viel zu viel anderes zu tun. Immer ist irgendetwas. Immer wird irgendetwas von uns erwartet. Wir haben keine Zeit – und trotzdem sollen wir die Welt retten. *Das* ist doch ein Irrsinn, oder nicht?«

Viele der Schüler nickten. Denn da mussten sie Paul wirklich zustimmen: Sie hatten einfach keine Zeit, das alles zu tun, was von ihnen erwartet wurde.

»Aber wie stellst du dir das konkret vor?«, fragte Riesel. »Was macht ihr genau in diesem Club?«

»Filme schauen«, rief jemand.

»Chillen«, rief ein anderer.

»Das kann ich nicht genau sagen«, sagte Paul. »Dafür ist dieser Club ja da: dass wir herausfinden, was wir machen wollen. Wer weiß, vielleicht schauen wir uns ja wirklich Filme über die Umwelt an. Da gibt es nämlich einige echt gute. Oder wir gehen ein paar Leuten, die mit der Umweltzerstörung Geld verdienen, so richtig auf die Nerven. Oder wir gründen eine neue Partei. Oder eine Firma. Was auch immer – Hauptsache, wir machen es gemeinsam! Und Hauptsache, wir machen etwas Neues! Denn es gibt eine Regel für den Club der 2000er: Jeder, der Mitglied wird, muss eine Geschichte mitbringen. Eine Geschichte, wie man die bessere Welt erschaffen könnte, die wir alle wollen. Eine *neue* Geschichte.«

»Und was geschieht dann mit den ganzen Geschichten?«, fragte Riesel.

»Die erzählen wir weiter«, erwiderte Paul. »Allen Kindern und allen Erwachsenen. Und wir erzählen sie so oft und so lange, bis die bessere Welt tatsächlich Wirklichkeit wird.«

Paul sah Anton, Jan, Marie, Emma und Lina an. Dann sah er die ganze Klasse 7C an. Das war es, was er hatte sagen wollen. Es war keine wirkliche Idee. Eigentlich war es nur ein Gedanke. Hatten sie den Gedanken verstanden? Hatte er selbst ihn verstanden?

Er stand eine Weile so da. Und dann, in dem Moment, als er sich wieder hinsetzen wollte, geschah etwas, womit er nie im Leben gerechnet hätte.

Riesel begann zu klatschen.

Und die anderen begannen auch alle zu klatschen.

Die ganze Klasse klatschte.

Und Paul hatte plötzlich einen dicken Kloß im Hals.

Wow, dachte er. Was für eine Woche!

Die neue Geschichte
MARIES IDEE
Wovon träumst du?

Von Tagen,
die wunderschön sind
und nichts kosten?

Von gemeinsam
etwas in Bewegung
setzen?

Von Dingen, die dir wirklich etwas bedeuten?

Von den Geheimnissen
der Welt?

Von Tieren,
die glücklich machen,
weil sie da sind?

Vom einmal mutig sein?

Vom einfach
nur hier sein?

Und das war das

Die Projektwoche war vorbei. Und nur noch ein paar Tage, dann würde das Schuljahr ebenfalls vorbei sein. Niemand in der 7C wusste genau, was das nächste Jahr bringen würde. Niemand wusste, was aus den Ideen der »Irren«, die sie gerade gehört hatten, werden würde: aus Antons Tag der Außerirdischen, Linas Zukunftsunterricht, Jans Suche nach der eigenen Stimme, Emmas Entscheidungsbaum und Pauls Club der 2000er. Aber spätestens als die ganze Klasse Maries Bilder mit der »Neuen Geschichte« betrachtet hatte, war klar geworden: Keiner in der 7C dachte mehr, dass irgendjemand in Pauls Gruppe irre war. Ganz im Gegenteil: Im Nachhinein sagten sich einige Schüler, dass sie selbst gerne bei dieser Gruppe mitgemacht hätten. Und als alle ihre Sachen zusammenpackten und Richtung Tür gingen, rief einer von ihnen Anton, Lina, Jan, Emma, Paul und Marie zu: »Ihr wart irre gut, Leute!«

Und dann, nachdem sich auch Riesel mit einem

Nicken bei ihnen verabschiedet hatte, waren die sechs allein im Klassenzimmer. Eine Weile lang sagte niemand etwas, sondern jeder sah den anderen ein wenig verlegen an. Schließlich räusperte sich Paul und sagte leise: »Das war doch echt cool, oder?«

Und die anderen nickten.

Auch sie wussten nicht, was im nächsten Schuljahr sein würde. Sie wollten auf jeden Fall irgendwie gemeinsam weitermachen – es gab noch so viel zu bereden und zu unternehmen. Aber würde außer ihnen überhaupt noch jemand über ihre Ideen sprechen? Oder würde alles einfach so weitergehen wie eh und je? Irgendetwas würde jedenfalls passieren (irgendetwas passierte ja immer), und sie wussten: Auch wenn man an seinen Ideen dranbleibt, kann man damit auf die Nase fallen. Nicht alles klappte, so war das im Leben. Aber sie wussten auch etwas anderes, etwas, das sie zu Beginn der Woche noch nicht gewusst hatten: Wenn man an etwas glaubt, dann muss man einfach auch etwas daraus machen. Denn wenn man nichts daraus macht, dann glaubt man vermutlich auch nicht wirklich daran!

Anton glaubte daran, dass man aus dem Planeten Erde etwas ganz Tolles machen konnte: eine grüne Welt. Eine Welt, in der man kein Öl, keine Kohle und kein Gas verbrennen musste, um Energie zu erzeugen. Eine Welt, in der man nicht mehr verbrauchte, als man wieder zurückgab. Und er nahm sich fest vor mitzuhelfen, dass sie eines Tages in einer solchen Welt leben würden.

Lina glaubte daran, dass die Zukunft offen war, dass nichts wirklich feststand. Es stand auch noch nicht fest, dass sie später immer noch allen Leuten mit dem Umweltkram auf die Nerven gehen würde. Vielleicht würde sie ja etwas ganz anderes tun, um die Welt zu retten. Aber was das auch sein mochte – es würde *ihre* Geschichte sein, nicht die von irgendjemand anderem.

Jan glaubte nicht, dass er eines Tages die Welt retten würde. Es konnte eben nicht jeder die Welt retten. Aber er glaubte fest daran, dass man nicht gleich die ganze Welt retten musste, um die Welt zu retten. Manchmal genügten schon viele kleine Dinge. Manchmal genügte es schon, einfach etwas anders zu machen: zu Hause, in der Schule, wo auch immer. Und damit würde er sofort anfangen – etwas machen, was er noch nie gemacht hatte. Und dann schauen, wohin ihn das führte.

Emma glaubte immer noch, dass sie in einer wirklich komplizierten Welt lebten. Aber so kompliziert war die Welt dann doch nicht, dass man sie überhaupt nicht verstehen konnte. Man musste sich nur ein kleines bisschen anstrengen, dann konnte man so viel erfahren und erleben und wissen, dass es eine Riesenfreude war. Und in einem Jutesack musste man dabei auch nicht rumrennen.

Paul glaubte tief im Inneren, dass letztlich doch alles sinnlos war. Schließlich war er ja immer noch Paul. Und gleichzeitig glaubte er, dass es keinen Sinn hatte, zu denken, dass alles sinnlos war. Klar, er würde bald einen Job haben und Geld verdienen und all das machen, was Erwachsene eben so machten. Aber er war sich ganz sicher, dass er dabei eines nie vergessen würde: Wenn etwas falsch ist – dann ist es falsch. Man muss nicht jeden Irrsinn mitmachen.

Und Marie?

Marie nahm ein Blatt Papier und kritzelte etwas darauf, so wie sie es die ganze Woche über getan hatte. Als sie fertig war, zeigte sie es den anderen. Und dann, zum allerersten Mal in dieser Woche, sagte sie etwas.

»Habt ihr Lust, schwimmen zu gehen?«, fragte sie.

Die anderen sahen sie völlig baff an. Dann lachten sie und nickten. Ja, sie hatten echt große Lust, schwimmen zu gehen. Sie waren froh, dass die Woche vorbei war. Aber sie waren auch traurig, dass die Woche vorbei war. Manchmal fühlte man eben das eine und gleichzeitig das andere, so war das im Leben. So war das.

Anton, Lina, Jan, Emma, Paul und Marie nahmen ihre Sachen und liefen aus dem Schulgebäude. Es war ein heller blauer Tag, und überall roch es nach Sommerferien. Und als die Tür hinter ihnen zufiel und ein Windstoß den Gang hinunter wehte, war alles, was im Gebäude noch zu hören war, das leise

Rascheln der Blätter am Schwarzen Brett. Eines der Blätter war ganz neu. Es war das Blatt, das Marie ihnen gerade gezeigt hatte – und es gab keinen besseren Ort dafür als das Schwarze Brett einer Schule:

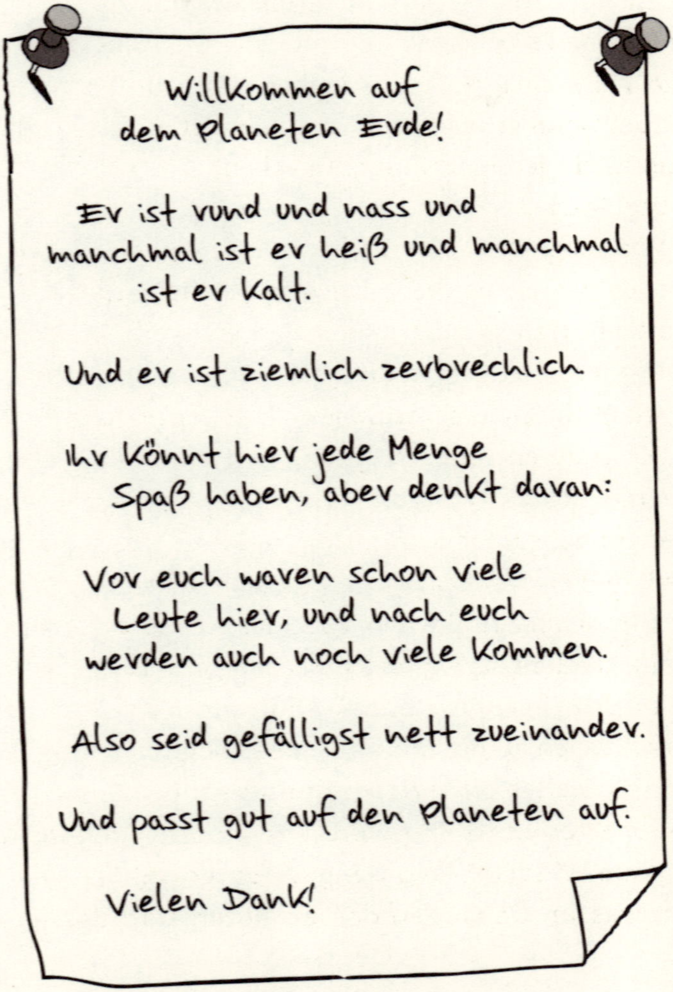

UND JETZT...

... seid ihr dran! Ja, ihr – die Leserinnen und Leser dieses Buches. Jetzt liegt es an euch, mit euren Ideen gegen den Irrsinn zu kämpfen, der den Planeten Erde langsam, aber sicher zerstört. Jetzt ist es eure Aufgabe, auf die Straße zu gehen und für eine bessere Welt zu demonstrieren. Jetzt müsst ihr mal zeigen, was euch wirklich wichtig ist. Schließlich haben wir dafür dieses Buch geschrieben.

Au weia. Das hört sich aber haargenau wie Klassenlehrer Riesel zu Beginn von »Es ist dein Planet« an: Besserwisserische Erwachsene erklären Jugendlichen, wie schlimm es um die Welt steht, und sagen ihnen dann, was sie zu tun haben. Kein Wunder, dass Paul darauf keine Lust hat und Riesel vehement widerspricht. Und kein Wunder, dass Lina, Emma, Marie, Jan und Anton selbst herausfinden wollen, worum es hier eigentlich geht. Sie wollen sich nämlich nicht von irgendjemanden vorschreiben lassen, was man tun soll. Schon gar nicht von Leuten, die den ganzen Schlamassel mit angerichtet haben oder längst etwas dagegen hätten unternehmen können.

Genau das – sich nichts vorschreiben lassen, sondern tun, was man selbst für richtig hält – machen gerade Hunderttausende Jugendliche rund um die Welt unter dem Motto »Fridays for Future«. Inspiriert von der Schwedin Greta Thunberg und ihrem »Schulstreik für das Klima« demonstrieren sie jeden

Freitagvormittag für mehr Klimaschutz, für weniger Plastikmüll, für die Erhaltung der Artenvielfalt und viele andere Dinge, die ihnen wichtig sind. Sie brauchen dafür keine Aufforderung irgendwelcher Erwachsener, ganz im Gegenteil: Sie nehmen die Sache in die eigene Hand, und zwar auf eine Weise, die vielen Erwachsenen überhaupt nicht passt. Wie zum Beispiel am Freitagvormittag für ein paar Stunden nicht zur Schule zu gehen.

Der Grund dafür sollte eigentlich jedem einleuchten: weil dem Planeten die Zeit davonläuft. Weil das, was Politik und Wirtschaft etwa gegen den Klimawandel zu tun beabsichtigen, einfach zu wenig ist, um die katastrophalen Folgen der Erderwärmung in den kommenden Jahrzehnten noch zu verhindern. Praktisch alle Wissenschaftlerinnen und Wissenschaftler, die sich mit diesem Thema befassen, sind sich einig, dass viel, viel mehr gegen die Erderwärmung getan werden muss – und dass man es jetzt tun muss und nicht irgendwann. Etliche dieser Wissenschaftler haben sich deshalb als »Scientists for Future« an die Seite der »Fridays for Future«-Jugendlichen gestellt. Und inzwischen gibt es auch »Parents for Future«, »Sports for Future« und »Farmers for Future«, und es werden immer mehr.

Aber trotz dieser positiven Nachrichten sieht die Wirklichkeit leider nicht positiv aus: Obwohl alle über den Klimawandel und seine dramatischen Folgen reden und obwohl diese Folgen schon längst spürbar sind, heizen wir Menschen den Planeten immer weiter auf. Obwohl wir 2018 in Europa einen extremen Hitzesommer hatten (auch Juni und Juli 2019 waren übrigens die weltweit heißesten Monate seit Beginn der Wetteraufzeichnungen) und verheerende Flutkatastrophen nicht mehr nur in Ländern auf der Südhalbkugel immer häufiger vorkommen (auch in Europa, etwa in Griechenland und Italien, richten Unwetter immer größere Zerstörungen an), stoßen wir jeden Tag mehr Kohlendioxid in die Atmosphäre aus als noch am Tag davor. Jeden Tag wird es wärmer auf der Erde. Wenn das kein Irrsinn ist, was dann?

Diejenigen, die nach dem Jahr 2000 geboren sind, also Pauls »Club der 2000er«, leben in einer wirklich merkwürdigen Zeit: Überall heißt es, dass sich »etwas ändern muss«, dass man »jetzt endlich etwas unternehmen müsse«, ja, dass es jetzt darum geht, »die Welt zu retten« – aber tatsächlich ändert sich gar nichts oder eben viel zu wenig.

Das ist nicht ganz neu. In gewisser Weise ist jede Zeit eine merkwürdige Zeit, denn in fast jeder Epoche der menschlichen Geschichte haben Menschen Dinge getan, die *offensichtlich* falsch waren, und trotzdem haben sie diese Dinge getan. Man denke nur an die Sklaverei oder andere Ungerechtigkeiten, die für die

Mehrheit der Menschen lange als ganz normal galten. Heute, im 21. Jahrhundert, verhält es sich ähnlich: Es ist *offensichtlich* falsch, was wir Menschen mit dem Planeten und seinen tierischen und pflanzlichen Bewohnern veranstalten, nicht zuletzt deshalb, weil wir damit langfristig unsere eigenen Lebensgrundlagen zerstören. Und trotzdem tun wir es. Was soll das? Was läuft da falsch? Was stimmt mit uns nicht?

Hier stoßen wir auf einen ziemlich wichtigen Punkt, vielleicht sogar den wichtigsten von allen: Denn dieses »wir« und dieses »uns«, von dem da gerade die Rede war, gibt es gar nicht. Damit soll ja eigentlich gesagt werden, dass »die Menschen« oder »die Menschheit« gemeinsam etwas tun. Aber »die Menschheit« ist keine kollektiv handelnde Person, sondern besteht aus fast acht Milliarden sehr unterschiedlichen Menschen mit sehr unterschiedlichen Ansichten. Trotzdem wird so getan, als sei »die Menschheit« verantwortlich, als seien »wir alle« gleich verantwortlich. »Wir alle« können aber schon deshalb nicht gleich verantwortlich sein, weil wir alle nicht dieselben Möglichkeiten haben. Zum Beispiel gibt es ganz viele Menschen, die so arm sind, dass sie überhaupt nichts dazu beitragen, den Planeten aufzuheizen. Sie haben keine großen Autos, sie essen nicht täglich Fleisch, und sie können sich auch keine Flugreisen leisten – und trotzdem leiden sie unter den Folgen des

Klimawandels. (Tatsächlich leiden die armen Menschen der Welt ganz besonders unter den Folgen des Klimawandels, weil sie sich auch keine Schutzmaßnahmen wie etwa Dämme gegen Sturmfluten leisten können.)

Nicht alle Menschen tun also das gleiche, sondern es gibt Menschen, die tun Dinge, die *offensichtlich* falsch sind. Und es gibt Menschen, die darunter leiden. Und es gibt Menschen, die sich dagegen wehren, die dagegen ihre Stimme erheben. So war es auch zu Zeiten der Sklaverei. Ja, so war es eigentlich immer im Laufe der Menschheitsgeschichte.

Und da kommt ihr ins Spiel: die Leserinnen und Leser dieses Buches. Ihr alle seid im 21. Jahrhundert geboren, dieses Jahrhundert ist eure Zeit! Wenn ihr eure Stimme nicht gegen das erhebt, was mit dem Planeten geschieht – und was, man kann es nicht oft genug betonen, *offensichtlich* falsch ist –, dann wird sich nichts ändern. Oder die Veränderung wird nicht schnell genug sein.

Denn diejenigen, die heute an den Schalthebeln der Macht sitzen, die Politikerinnen und Politiker, die Managerinnen und Manager, unternehmen nur etwas, wenn ihnen große Teile der Gesellschaft klar zeigen, dass es so nicht weitergehen kann. Wenn ihnen bewusst wird, dass es sich bei den »Fridays for Future«-Protesten nicht nur um einen kurzfristigen Trend handelt, sondern dass die Jugendlichen rund um die Welt damit so lange weitermachen werden, bis wirklich etwas geschieht und nicht nur geredet wird.

Natürlich ist es anstrengend, für diese Veränderung zu kämpfen – alles, was im Leben wirklich von Bedeutung ist, ist anstrengend. Es wird nicht von heute auf morgen geschehen (wie Greta Thunberg sagt: »Wir müssen uns darauf vorbereiten, dass wir noch lange weitermachen müssen.«). Und es ist auch ziemlich frustrierend, wenn man mit blöden Sätzen wie »Wir freuen uns, dass die jungen Leute so kritisch sind« abgespeist wird. Oder wenn einem arrogante Politiker ausrichten, dass sich doch besser die »Profis« um die Klimapolitik kümmern sollten (als hätten die »Profis« nicht dafür gesorgt, dass wir erst in diese Misere geraten sind). Aber davon solltet ihr euch nicht beirren lassen. Denn eigentlich haben diese Leute Angst vor euch. Oder anders gesagt: Sie haben Angst davor, dass sich *wirklich* etwas ändert!

Die »Fridays for Future«-Demonstrationen und all die anderen Protestaktionen haben nämlich schon viel erreicht: Seither wird in sämtlichen Bereichen der Gesellschaft – nicht nur in der Politik, sondern auch in Unternehmen, Vereinen, Kirchen, Familien und natürlich an den Schulen – so intensiv über Umweltprobleme gesprochen wie nie zuvor. Und die politischen Parteien, die sich seit Jahren dagegen wehren, dass mehr für den Umweltschutz getan wird, geraten mächtig unter Druck und ändern ihre Politik. Das alles würde nicht passieren, wenn es die Proteste nicht gäbe. Es lohnt sich also wirklich, wenn man seine Stimme erhebt, wenn man laut ist und für die Zukunft auf die Straße geht – oder irgendetwas anderes tut, was den Leuten an den Schalthebeln der Macht klar vor Augen hält, dass es so nicht weitergeht, dass man *jetzt* etwas ändern muss.

Ist das also die Botschaft, die wir, die Autoren, mit unserem Buch »Es ist dein Planet« verbinden? Nun, eigentlich verbinden wir mit diesem Buch überhaupt keine Botschaft, eigentlich haben wir uns beim Schreiben immer wieder gesagt, dass wir den Leserinnen und Lesern eben nicht unsere Ideen vorgeben wollen, wie man »die Welt rettet«. Wir wissen es nämlich auch nicht besser. Wir wollten einfach nur einen Weg aufzeigen, wie ihr selbst herausfinden könnt, was zu tun ist und wie ihr es tun wollt.

Aber wenn auch keine Botschaft mit diesem Buch verbunden ist, dann doch eine Bitte: Lasst euch nicht entmutigen. Oder einschüchtern. Macht weiter, selbst wenn es anstrengend und frustrierend wird. Es lohnt sich wirklich! So ziemlich alles, was die Menschheit in ihrer langen Geschichte an Gutem getan und erreicht hat, war das Ergebnis eines langen Kampfes, und immer wieder gab es dabei Momente, in denen fast niemand mehr daran geglaubt hat, das Gute würde überhaupt noch geschehen. Aber es ist geschehen. Weil Menschen dafür gekämpft haben. Weil sie nicht aufgegeben haben.

Und noch etwas anderes ist uns wichtig: Nichts von dem, was ihr tut oder tun könnt, ist wirkungslos! Auch wenn ihr am Freitag nicht auf die Straße geht, sondern zum Beispiel ein Insektenhotel für den Garten baut oder weniger Fleisch esst oder einen Sommerurlaub mit dem Fahrrad macht oder mit euren Eltern und Großeltern darüber diskutiert, was sie eigentlich dazu beitragen, damit ihr eine lebenswerte Zukunft habt, dann ist das ganz genauso gut und wertvoll. Alles, was man an Gutem in der Welt tun kann, ob klein oder groß, ob leise oder laut … ist gut. Man muss es eben nur tun.

Oder wie Paul sagen würde: Pfff, man muss nicht jeden Irrsinn mitmachen!

Sascha Mamczak & Martina Vogl
August 2019